Mein Name ist Jonathan Walker

Mein Name ist Jonathan Walker

My Story of Music, Love & Life

Gernot Blümel

Impressum.

Gernot Blümel
Brodtischgasse 16
2700 Wr. Neustadt
Österreich

1. Auflage

Text: © Copyright 2023 by Gernot Blümel
Cover: Ursi Allinger
Lektorat, Korrektur und kreative Beratung: Astrid Blümel

www.gernotbluemel.com
gernot.bluemel@gmx.at

Inhaltsverzeichnis.

Impressum.
Inhaltsverzeichnis.
Prolog.
One.
Two.
Three.
Four.
Five.
Six.
Seven.
Eight.
Nine.
Ten.
Eleven.
Twelve.
Thirteen.
Fourteen.
Fifteen.
Sixteen.
Seventeen.
Eighteen.
Nineteen.
Twenty.
Epilog.
Der Song.
Über den Autor.

Prolog.

„Mein Name ist Jonathan Walker und dies ist meine Geschichte. Also, ein Teil davon, um genau zu sein."
So, jetzt kann ich wieder einen Punkt auf meiner Liste abhaken: Ein Buch schreiben. Außer, dass ich das Buch jetzt schreiben muss, aber gut, abhaken kann ich es ja schon mal.

One.

Ich hatte einen ganz gewöhnlichen Job, passend zu meinem ganz gewöhnlichen Leben, in einer gewöhnlichen Wohnung, in einer ganz gewöhnlichen Beziehung. Sechs Uhr morgens aufstehen, aufs Klo gehen, duschen oder auch nicht (zu viel duschen trocknet die Haut aus), auf die Waage stellen, der übliche morgendliche „Bauchspeck-Kontroll-Griff", das tägliche gesunde Frühstück (fit bleiben ist angesagt, ob es schmeckt oder nicht... seht ihr schon, wie ich die Augen verdrehe?), Tee statt Kaffee trinken (und nein, grüner Tee pusht nicht so wie Kaffee), einen möglichst auffällig unauffälligen Anzug anziehen, schnell noch mal über die Schuhe putzen, der Freundin nur einen Luftkuss zuwerfen dürfen, damit ihr Make-up nicht verwischt, den Knirps trotz strahlendem Sonnenschein mitnehmen (man weiß ja nie), und dann zum Zug gehen. Zum Zug. DER Zug. Der sieben-Uhr-vier-Zug in die Stadt.

Die armen Seelen, die über den Styx gebracht wurden, können sich nicht wesentlich unwohler gefühlt haben als ich in diesem Zug.

Mich an meine Aktentasche klammernd, hoffend, dass sich niemand neben mich setzen möge, was natürlich bei gefühlten drei Milliarden Menschen pro Abteil unwahrscheinlich war, aber zumindest bestrebt, dass mich niemand berührte oder gar in ein Gespräch verwickelte, beobachtete ich die Fahrgäste. Junge,

aufstrebende Menschen voller Tatendrang – kurz nach sieben Uhr!
Sehr verdächtig.
Menschen, älter als ich, vielleicht so um die 50, die sich nur noch wie automatisiert durch den Morgen bewegen. Aufs Handy schauen, während sie in ihr iPad tippen, während sie noch schnell einen Donut in sich hineinstopfen und den heißen Becher Kaffee zwischen ihren Knien balancieren. Eine ruckartige Bremsung wäre amüsant. Nein, der Zug bremst nicht. Nichts kann ihn aufhalten auf seinem Weg in die Stadt.
Frauen in ihren Business-Kostümen und mit ihren 80er-Jahre-Jane-Fonda-Mähnen, oder ihren „Hey, was bin ich nicht modern und dynamisch, darum habe ich mir (offensichtlich) die Haare selbst in einem dunklen Raum ohne Spiegel mit der Gartenschere geschnitten"-Frisuren. Frauen, die sich „Ganz offen und ehrlich gegen eine Familie entschieden haben, um sich voll und ganz ihrer Karriere widmen zu können", wie sie sich selbst und ihren Sitznachbarn täglich aufs Neue weismachen wollen. Tja, aber den vorbeilaufenden Kindern sehen sie trotzdem wehmütig nach. Gute Entscheidung, das mit der Karriere, Madame. Und mit der Frisur.
Oh, da steigt wieder jemand zu.
„Flieh, du Narr! Steig nicht ein! Du kannst diesen Zug nie wieder verlassen, wenn du erst mal drin bist!", möchte ich ihm zurufen, aber es ist zu spät.
Und dann sind da die Menschen in meinem Alter. Knapp unter 40. Manche haben Familien zuhause, wahrscheinlich sogar kleine Kinder, sind verheiratet und

man kann ihnen ansehen, dass sie genau dort viel lieber wären, während sie sich gedankenverloren aus den Fenstern starrend mit ihren Eheringen spielen oder sich auf ihren Handys die Fotos vom letzten Wochenende anschauen und dabei still in sich hineinlächeln.
Jeder möchte woanders sein. Und doch fahren wir alle in die Stadt. Warum?

Weil es alle so machen.

Der einzige Trost: Mein Discman. Ja, du hast richtig gelesen: Discman. Ich weigere mich, wie alle anderen einen mp3-Player, vollgestopft mit tausenden Songs, synchronisiert mit allen PCs, Laptops und was man sonst noch an elektronischen Geräten hat, mit mir herumzutragen. Ich will beim Musikhören wenigstens noch ein bisschen etwas vom „Schallplatten-Feel" spüren. Die kleine Scheibe im Player rotiert. Mein kleiner Widerstand, in einer synchronisierten Welt asynchron zu sein. Was läuft?
Jimmy Hendrix, Electric Lady Land, 1968, … And the Gods made love … play.
Ich öffne meine Augen wieder und schon fährt der Zug in meiner Station ein. Viel zu früh, wie immer. Und wie so oft muss ich genau an der besten Stelle von Voodoo Chile raus. Raus aus der Musik, raus aus der Welt, in der ich mich gerade so wohlgefühlt habe.
Die Türen öffnen sich und das Gedränge geht los. Da können es einige wieder mal gar nicht mehr erwarten, ins Büro zu kommen.

Noch am Zeitungsstand vorbei und ein Tagesblatt kaufen. Es interessiert mich eigentlich nicht, was für Schwachsinn die Politiker wieder von sich geben und welche Kurse wohin gestiegen oder gefallen sind, aber es wird erwartet, up to date zu sein.

Hinein in die U-Bahn, noch ein paar letzte Minuten, bevor die Show beginnt. Ich blättere die Zeitung durch, versuche ein paar möglicherweise relevante Themen für das Mittagessen mit der Chefetage zu filtern. Na toll, der hinter mir könnte sich beim Husten vielleicht wenigstens die Hand vorhalten... ach nein, geht nicht, muss ja gleichzeitig telefonieren und am zweiten Handy eine SMS schreiben.
Rein in das riesige Gebäude, in dem ich arbeite, das übliche Ritual mit der Empfangsdame: „Einen wunderschönen guten Morgen, Mr. Walker ... blablabla ... Herrliches Wetter ... blablabla!" Ja, das Wetter ist wirklich wunderschön – zu schade, dass ich davon aber nichts mitbekommen werde, da in dem Gebäude dank Klimaanlage, LED-Beleuchtung der sterilsten Sorte und nicht zu öffnenden Fenstern ein eigenes Klima herrscht.
Rein in den Aufzug, hinauf in meine Etage und dann den Vormittag hinter mich bringen. Meinen Job machen.

Worum es dabei ging? Um Zahlen. Die Zahlen mussten stimmen. Große Zahlen! Richtige Zahlen! Und wir brauchten mehr Zahlen als alle anderen. Zahlen, Zahlen, Zahlen. Profit! Mehr Profit! Schneller! MEHR! Von allem mehr!

Und ich war einer davon, der dafür verantwortlich war, MEHR zu erreichen. Es waren Zahlenspiele. Mit Geldbeträgen spielen, die auf Papier geschrieben stehen, und mehr daraus machen. Das war es, was den Chef zufrieden machte. Noch zufriedener war er, wenn dabei auch noch andere viel weniger bekamen.
Mr. Smith.
Knallroter Kopf, akkurater Scheitel im grau melierten Haar, akkurater Anzug, akkurate Ärmellänge des Hemds, Wohlstandsbäuchlein, mittelgroß, mittelalt, braungebrannt und alles an ihm schrie: MEHR! Ein größeres Auto, ein größeres Haus, eine jüngere Frau … natürlich mit größeren Brüsten. Und neue Zähne. Ich glaube, er ließ sich ein Mal pro Jahr neue Jacketkronen machen, denn aus irgendeinem unheimlichen Grund wurden seine Zähne immer größer, weißer und massiver. Gegen Ende hätte er mit seinen unter dem Schnauzer hervorragenden Hauern locker Nüsse knacken können.

Das Mittagessen mit Mr. Smith. Einmal pro Woche lud er zum unvermeidlichen gemeinsamen Essen, um die neuesten – was sonst? – Zahlen zu besprechen. Ein wenig entspannendes Mahl. Des Öfteren gingen Kollegen aus so einem Lunch mit der Entlassung als Nachtisch nach Hause.
„Du Glücklicher", dachte ich mir bei jedem Einzelnen, der es so schaffte, diesem Apparat zu entkommen.
Aus irgendeinem Grund feuerte mich Mr. Smith aber nie. Irgendwas an mir gefiel ihm scheinbar. Keine Ahnung,

was das gewesen sein mag, aber er nannte mich immer wieder „Mein Goldjunge".

Tja, die Zahlen stimmten offensichtlich.

Steak. Blutig. Ich liebe Steak – vorausgesetzt, es muht nicht mehr, wenn es vor mir liegt. Aber um in dieser Runde bestehen zu können und sein Gesicht zu wahren, musste das Steak blutig sein. Und wenn ich blutig sage, dann meine ich blutig. Möglicherweise war es an einem Grill vorbeigetragen worden. Und wenn Mr. Smith sagte „So muss ein Steak sein!", dann musste man lächeln und nicken und zustimmend „Mmmhhh!" brummen, während man versuchte, das nach Eisen schmeckende Stück Fleisch hinunterzubekommen.

Und dann ging's jedes Mal aufs Neue los. Nach dem Essen: Whiskey. Und, was noch? Na?

„Einen Johnny Walker für unseren Johnny Walker!"

Und ich nickte und lächelte und dachte mir: „Oh, wie witzig, Mr. Smith! Und vor allem so kreativ! Hab ich ja noch nie zu hören bekommen, Mr. Smith!", stürzte den Whiskey runter und merkte erst wieder am Rückweg in mein Büro, dass mir Whiskey nicht bekommt.

Nachmittag. Zahlenspiele. Die letzte halbe Stunde auf die Uhr schauen, wann es denn nun endlich vorbei ist. Die Zeit vergeht nicht. Ich zähle nochmal die Fenster am gegenüberliegenden Gebäude.

Heimreise mit dem Zombiezug. Hendrix läuft. Alles lässt ein bisschen nach.

Den Schirm wieder mal im Zug vergessen. Gut, dass sicherheitshalber noch drei zuhause sind. Sollten für diesen Monat reichen.

Abendessen. Meine Freundin hat wieder mal gekocht. Salat mit nichts. Grüne Einöde am Teller. Sie hat beschlossen, wir müssten mehr auf unsere Figur achten. Wir müssten außerdem mehr Kultur genießen. Darum sind wir auch dieses Wochenende wieder mal in der Oper.

„Danke Schatz, dass du die Karten besorgt hast", versuche ich zu schmeicheln, während ich mit einem Salatblatt ringe.

Die Oper. Zwei bis drei dicke Menschen schreien sich in einer – ich gehe mal davon aus, dass es so ist – Fantasiesprache an. Ob ich meinen Discman mit reinschmuggeln kann?

Fernsehen – eine Kultursendung. Irgendjemand springt mit Farbe am Körper gegen eine Leinwand. Ein Glas Rotwein. Meine Nase juckt. Was gäbe ich für ein Bier. Aber der kultivierte Mann trinkt zur Kultursendung nun mal Wein.

Schlafenszeit.

Zähneputzen, die Zahnseide nicht vergessen, Zehennägel schneiden, Licht aus. Und bitte den Discman ausmachen. Sie kann bei dem Lärm nicht schlafen.

Tag für Tag.

Two.

Und nun beginnt die Geschichte.

Es waren noch knapp zwei Wochen bis zu meinem 40. Geburtstag. Ich wollte keine allzu große Feier, aber es wurde erwartet. Von Freunden. Vor allem von meiner Freundin und ihren Freunden.
Witzig, denn so dramatisch mir die folgenden Wochen vorkamen, so sehr amüsiert es mich, dass ich heute ihren Namen gar nicht mehr so richtig weiß. Carla oder Carma? Macht nichts. Für die kurze, aber entscheidende Rolle, die sie in meiner Geschichte noch zu spielen hat, nennen wir sie wohl am besten einfach „sie".
Also, sie und ihre Freunde wollten eine große Party für mich schmeißen und ich wehrte mich auch nicht dagegen, da das aussichtslos gewesen wäre. Aber Benjamin? Musste Benjamin wirklich auch kommen? Ich wusste nur, dass er und sie mal eine Zeit lang zusammen gewesen und danach gute Freunde geblieben waren. Ich hatte mich mit seinem Schicki-Micki-Pseudo-Esoterik-Gequatsche jedoch nie anfreunden können. Aber okay, Benjamin musste dabei sein.
Die Tage vergingen wie üblich recht träge und am Freitag vor der Party kam ich überraschenderweise früher heim als sonst. Mr. Smith hatte mir in einem Anfall von Großmut mal keine zusätzlichen Zahlen für Freitagabend reingewürgt. Ich stand also in der Tür und sah ihr sofort an, dass etwas im Busch war.

„Jonathan, wir müssen reden."

Du hast sicher schon selbst das eine oder andere Mal ein Gespräch geführt, das mit „Wir müssen reden" begonnen hat. Wenn dem so ist, weißt du auch, wie so etwas ausgeht, darum überspringe ich diesen Teil der Geschichte. Nur noch eines: Danke, Benjamin, dass du mir geholfen hast, mich zu befreien.

Since I've been loving you, Led Zeppelin, 1970, Led Zeppelin III, drehte sich im Discman, während ich im Dunkeln an die Decke starrte und überlegte, was ich nun machen sollte.
Das Problem war gar nicht, dass sie mich verlassen hatte. Vielmehr fragte ich mich, was ich nun mit mir überhaupt anfangen sollte! Wollte ich mein Leben so weiterführen? Wollte ich für immer mit dem Zug des Verderbens in den Kerker der Qualen fahren, Tag für Tag mit Zahlen spielen, bis ich eines Tages umkippte und verschwand, bedeutungslos, ohne je etwas aus meinem Leben gemacht zu haben, das mir etwas bedeutete? Wer war ich noch? Was war noch übrig von mir?
Jimmy Page solierte und ich schlief ein.
Am nächsten Morgen wachte ich früh auf. Fünf Uhr.
Happy Birthday, Jonathan. Die Party musste noch abgesagt werden. Und Kaffee musste her. Da ich ja in einem kaffeefreien Haushalt lebte, musste ich allerdings zuerst mal Kaffee und eine Maschine auftreiben und lief zu einem kleinen Supermarkt, der um diese Uhrzeit schon offen hatte. Ich deckte mich mit vier ein-Kilo-Päckchen

17

Kaffee ein, suchte mir eine richtig schöne, altmodische Filtermaschine aus und spazierte mit meiner Beute nach Hause. Denn eines war klar: Von heute an würde ich wieder Kaffee trinken.
Ich wusste schon gar nicht mehr, wie köstlich eine heiße Tasse Kaffee sein konnte.

Acht Uhr. Meine Mutter Rosie rief mich an, um mir wie jedes Jahr überschwänglich zum Geburtstag zu gratulieren. Wie stolz sie nicht auf mich sei, und sie könne sich noch genau daran erinnern, was für ein kleiner süßer Hosenmatz ich gewesen war und nun war ich schon so groß und überhaupt!
Ich freute mich sehr, ihre liebevolle Stimme zu hören. Es fühlte sich so heilsam an. Und als ich sie fragte, ob ich nicht bei ihr und George vorbeikommen könnte, wusste sie sofort, dass irgendwas nicht stimmte. Ich erzählte ihr in groben Zügen von den jüngsten Ereignissen und machte mich dann auf den Weg zu ihr und George. Ich wollte nicht allein sein an meinem Geburtstag.
George.
George war mein Stiefvater. Meine Mutter hatte ihn auf einer Indienreise kennengelernt, ein paar Jahre, nachdem mein Vater gestorben war.
George war anders. 72 und auch wieder so gar nicht 72. Erwachsen und dann wieder doch nicht. Er bebaute einen kleinen Kräutergarten hintem Haus, sprach mit den Pflanzen und Tieren, schrieb Gedichte und Lieder, bei denen nur er wusste, worum es darin ging, glaubte fest an Außerirdische, an die Liebe und den Rock'n'Roll.

Er war ganz anders als mein Vater und vielleicht war er mir deswegen lange Zeit nicht geheuer gewesen, aber ich sah auch, wie gut er meiner Mutter tat, wie viel sie mit ihm lachte, wie liebevoll sie miteinander umgingen und wie glücklich sie waren.
Und sie sind es noch immer! Ich schreibe bloß aus stilistischen Gründen in der Vergangenheit von ihnen.

Ich nahm den Bus zu ihnen. Whitesnake, Saints & Sinners, 1982 – Here I go again lief auf meinem Discman. Ich mag es, wie ruhig alles wird, wenn man immer weiter stadtauswärts fährt. Es ist so, als würde man wieder atmen können.
Die Busfahrt dauerte rund 40 Minuten und als ich ausstieg, kam doch noch die Sonne raus. Und ich stellte fest, dass ich meinen Schirm im Bus vergessen hatte.
„Macht nichts, ich habe ja noch zwei zuhause."
Kaum hatte ich an der Tür geklingelt, wurde sie schon von meiner Mutter aufgerissen. Sie umarmte mich, was ungefähr wie ein Bearhug beim Wrestling ausgesehen haben musste, murmelte dabei „Mein Lieber, mein Armer, mein Mbpmbmm…" an meiner Brust und schniefte auch herzzerreißend, was recht flüssig klang. Aber okay, es war bloß der Kaschmir-Pullover, den sie mir letztes Weihnachten geschenkt hatte – und der hatte es nicht anders verdient.
Und so schnell konnte ich gar kein Ausweichmanöver starten, schloss sich auch schon George der Umarmung an, indem er meine Mutter und mich mit seinen überraschend langen Armen gleichzeitig umarmte, Worte

in irgendeiner mysteriösen Sprache murmelte und dabei auf und ab wippte, wie man es von den Indianern kennt. Heya, heya.
Nach etwa fünf Minuten des Liebkosens, Drückens und Quetschens durfte ich dann ins Haus und legte erst mal den Pullover ab. George bot mir seinen speziell-spezialgerösteten Kaffee an, den ich natürlich gerne annahm, und meine Mutter versuchte noch schnell in der Küche, die 40 Kerzen auf der Torte zu justieren, die anschließend einem Igel zum Verwechseln ähnlichsah. Nervöses Feuerzeug-Geklacker und schon kamen die beiden aus der Küche, voller Inbrunst „Happy Birthday" schmetternd, ins Wohnzimmer. Ich freute mich wirklich sehr und fühlte mich zuhause. Nach all den Jahren war ich hier noch immer daheim.
Alle 40 Kerzen auf einmal ausgeblasen.
Nach dem zweiten Stück Torte und der dritten Tasse Kaffee erzählte ich den beiden die Geschichte mit ihr noch einmal genauer und während meine Mutter immer wieder bestürzt den Kopf schüttelte, nickte George im Gegenzug dazu mit seinem und hielt die Augen dabei geschlossen. Irgendwann hörte er auf zu nicken und ich war mir nicht sicher, ob er nicht vielleicht eingeschlafen war, was er aber bis heute bestreitet.
Normalerweise wäre ich nach zwei Stunden wieder aufgebrochen – weil man das eben so macht. Man lässt sich hin und wieder zuhause blicken, alles in einem überschaubaren Rahmen, und dann kann man ruhigen Gewissens wieder wegfahren.
Diesmal war es anders.

Ich hatte in den letzten Jahren viel zu selten daheim vorbeigeschaut. Und ich wollte nicht weg. Mittag verging. Am frühen Nachmittag zeigte mir George sein neu angelegtes Kräuterbeet und zwinkerte mir bei der einen oder anderen Pflanze verschwörerisch zu.

Danach zeigte mir meine Mutter Fotos von ihren letzten Reisen, während George sich zum Meditieren zurückzog. Ich glaube, dass er bloß ein Nickerchen hielt, aber auch das streitet er ab.

Marokko, Barcelona, London, … unglaublich, was die zwei alles gesehen hatten.

Nach rund einer halben Stunde stieß George mit einer etwas irren Frisur und zerzaustem Bart wieder zu uns.

„Gut geschlafen?" fragte ich ihn, was er aber elegant überhörte.

„Wo wir gerade dabei sind: Ich nehme an, du schläfst heute hier, Jonathan? In deinem Zimmer ist noch alles so, wie du es zurückgelassen hast. Und du bist hier willkommen. Immer."

Er lief an mir vorbei, ohne meine Antwort abzuwarten, drückte meiner Mutter einen Schmatz auf den Mund, die daraufhin rot anlief, und ging direkt in die Küche, wo er sich über die Reste des Kuchens hermachte.

Der Abend verging noch sehr gemütlich. George erzählte von vielen Konzerten, die er erlebt hatte, und als Höhepunkt von Woodstock, wo er damals live dabei war. Die Menschen, der Schlamm, die Musik. Ich hatte alles vor Augen. Wie gerne wäre ich dabei gewesen.

Dann gab es noch Tee aus Georges eigener Zucht, der mich ziemlich ausknockte, und so nahm ich das Angebot

an und ging in mein altes Zimmer. Tatsächlich: Es roch sogar noch so wie damals. Ich war zu müde, um mich noch durch all die Erinnerungen zu wühlen, nahm nur noch schemenhaft Eindrücke wahr: Die Gitarre – eine Strat –, den kaputten Marshall-Amp, die Platten, sogar noch so sortiert, wie ich es gerne hatte – nicht nach Jahreszahlen oder alphabetisch, sondern nach Stimmung – und mein alter Plattenspieler. Ich fand mit einem Handgriff die Platte, die ich noch hören wollte, legte sie auf und mich ins Bett.
Bill Withers, Live at Carnegie Hall, 1973 – von vorne bis hinten. Und niemand sagte mir, ich solle leiser machen oder abdrehen.

Three.

Ich kann mich nicht erinnern, dass ich schon jemals so friedlich geschlafen hätte wie in dieser Nacht.
Es muss so gegen sieben Uhr dreißig gewesen sein, als ich aufwachte. Sonnenstrahlen krochen zwischen den Vorhängen ins Zimmer und Vögel zwitscherten draußen.
Vögel! Da wo ich wohnte, obwohl es nicht direkt im Zentrum der Stadt lag, gab es, glaube ich, keine Vögel. Doch – Tauben, die einen argwöhnisch beäugten, wenn man die Wohnung verließ, und mit einem unheilvollen „Gruuu" verabschiedeten.
Es war, als wäre keine Zeit vergangen. Ich hätte genauso gut noch immer 15 sein können.
Ich setzte mich auf, strich mir die Haare so gut es ging glatt, streckte mich, worauf es an verschiedenen Stellen in meinem Körper ordentlich knackte, und ging dann auf die Suche nach meiner zweiten Socke, die aus unerklärlichen Gründen einfach nicht mehr zu finden war – ja, es war wirklich alles wie früher.
Vorhänge zur Seite, Fenster auf, tief einatmen – Hustenanfall. Die restliche Stadtluft schien sich in meiner Lunge gegen die frische Luft zur Wehr zu setzen, wie bei einem Vampir, den man einlädt, einen Kurztrip auf die Bahamas zu machen, um ein bisschen Farbe zu tanken.
Egal. Nochmal einatmen. Tiefer. Eat this, Feinstaub.
Da die Kleidung, die ich noch vom Vortag anhatte, ein wenig müffelte, beschloss ich, mal in meinem Kasten

nachzusehen, ob vielleicht sogar noch meine alten T-Shirts da waren.

Tatsächlich! Alles noch da!

Ich griff zu dem Deep-Purple-Shirt, das schon so einiges mitgemacht hatte, schaute es voller Stolz an, legte es mir kurz an die Brust, befand, dass es mir bestimmt noch passen müsste, und quälte mich hinein. Größer war ich nicht geworden, seit ich 17 war, aber doch etwas breiter. Nicht dick oder so. Aber eben breiter. Ein kurzer Blick in den Spiegel, ein selbstgefälliges Lächeln und dann wieder raus aus dem Shirt, bevor meine Arme ob der Enge der Ärmellöcher noch deep purple wurden.

Ich nahm meine alte Strat – eine 58er in Sunburst – zur Hand und machte ein paar Mal „ploing, ploing", während ich meinen Blick über das Bücherregal und das Regal mit den Schallplatten schweifen ließ, stellte sie wieder hin und beschloss, George nach einem Shirt und eventuell einer zweiten Socke zu fragen. Zähne putzen konnte ich ja nach dem Frühstück.

Als ich die Treppe hinunterging, genau die Stufen auslassend, die mich mit ihrem Knarren so oft verraten hatten, wenn ich zu spät nach Hause gekommen war, klang mir seltsame Musik entgegen. Und dann erkannte ich, was es war. Indische Musik. Eine Sitar. Und ein paar andere Instrumente, die ich nicht benennen konnte.

„Guten Morgen, alle … Wohooo! George! Was machst du da?!"

George unterbrach seinen Tanz und drehte sich mit einem äußerst zufriedenen Lächeln zu mir um.

„Ah, guten Morgen, Jonathan! Wie war deine Nacht?"

Und dabei stemmte er die Fäuste in die Hüften. Seine nackten Hüften.

Ich drehte den Kopf zur Seite und stammelte irgendwas von meinen Socken, als mich George unterbrach:

„Mein Junge, es gibt doch nichts Natürlicheres, als nackt zu sein! Da brauchst du doch nicht so nervös zu werden! Entspann dich und mach gleich ein bisschen mit! Du wirst sehen, es wird dir guttun!"

Meine Mutter rettete mich.

„George, zieh dir was an, das Frühstück ist fertig. Guten Morgen, Jonathan! Du bekommst dein Lieblingsfrühstück!"

George warf sich seinen Bademantel über und ging an uns vorbei in die Küche. Kaum war er drin, schlug meine Mutter die Hände vor der Brust zusammen und seufzte überglücklich:

„Ist er nicht fantastisch ..."

Ja, unglaublich, dieser George.

Aber ich war schon voll und ganz auf das Frühstück fokussiert.

„Mein Lieblingsfrühstück".

Das konnte nur eines bedeuten: Ein Omelette aus drei Eiern, Käse, Schinken, Käse, Zwiebel, Cocktailtomaten und, ach ja, Käse. Dazu zwei bis drei frisch aufgebackene Brötchen mit Butter.

Und so war es. Die Pfanne stand dampfend auf dem Küchentisch und meine Mutter strich hin und wieder

über meinen Rücken, während ich mich darüber hermachte, als hätte ich seit Wochen nichts Vernünftiges gegessen. Ich fraß mich in einen Omelette-Rausch, wohl wissend, dass das kein gutes Ende nehmen würde, aber es war mir egal. Echtes Frühstück! Und dazu Kaffee.
So musste ein Sonntag sein. So. Und nicht so, dass man um spätestens sechs Uhr aufstehen musste, um nicht die Matinee zu versäumen, wo einem irgendwas von irgendwem irgendwo gezeigt wurde, während man Essen essen musste, das zwar interessant aussah, aber bei weitem nicht so interessant schmeckte.
Ich bat George um ein Shirt und Socken und er nickte, machte sich auf den Weg und kam nach einigen Minuten mit einem Hippie-Hemd (so ein weißes, ohne Kragen) und einem Paar Sandalen zurück. George erklärte: „Dieses Hemd ist viel besser als jedes Shirt – du wirst sehen! Und Socken, bei dem Wetter? Gönn' deinen Zehen doch auch mal etwas Freiheit!"
Widerstandslos bedankte ich mich bei George, zog das Hemd über und schlüpfte in die Sandalen. Das Hemd war überraschend bequem und die Sandalen ebenso. George lächelte und zog sich wieder zurück, um im Garten zu werkeln und sich an der Stille der Natur zu erfreuen, wie er sagte.

Ein bisschen Sachen durchwühlen.
Aber nicht ohne Musik.
Stevie Wonder, Innervisions, 1973.
Zu Too High öffnete ich die erste Schublade des Schreibtisches, der noch immer so dastand wie in meiner

Schulzeit – nämlich mit dem besten Blick auf meine Poster und Plakate von Musikern, um mich von den öden Hausaufgaben abzulenken. Poster von Konzerten, bei denen ich nie war, aber so gerne gewesen wäre. Jimi, The Doors, das selbsterklärende Prisma, B.B. King, Janis und so weiter. Ich hatte nicht bloß ein paar Poster dekorativ aufgehängt, sondern mein Zimmer praktisch damit tapeziert.

Nachdem so einiges Interessantes, so manch Seltsames und viel Überraschendes zum Vorschein gekommen war – zumindest wusste ich jetzt, wo eine Socke aus meiner Jugend hin verschwunden war – fand ich ein abgegriffenes, kleines Notizbuch.

Mein Tagebuch.

Ich hatte damals nicht besonders lange Tagebuch geführt, dafür aber umso intensiver. Ich war auf die Idee gekommen, all meine Gedanken und Erlebnisse aufzuschreiben, weil ich irgendwo gelesen hatte, dass alle großen Songwriter das taten. Und zu der Zeit war ich fest davon überzeugt, eines Tages in die Fußstapfen eines Bob Dylan oder jemand Ähnlichem zu treten.

Witzig, nach all den Jahren wieder meine krakelige, noch fast kindliche Handschrift zu lesen.

Zusammengefasst kann man sagen, dass ich allerhand wirres Zeug aufgeschrieben hatte, woran ich mich größtenteils gar nicht mehr richtig erinnern konnte oder nicht mehr wusste, was ich damit eigentlich sagen wollte. Aber ich wusste noch, ja, ich konnte es sogar noch spüren, wie klein und gleichzeitig groß meine Welt damals war.

Einige Einträge behandelten meinen ewigen Konkurrenzkampf mit Jim Spencer, meinem besten Freund und größten Feind: Wer hatte die coolere Lederjacke, wer die zerschlisseneren Jeans, die meisten Band-Fan-Shirts, die besseren Songideen, wer war Fan von den besten Gitarristen, wer war überhaupt der beste Gitarrist, wer kam am besten bei den Mädchen an, wer traute sich, den ersten Lungenzug von einer Zigarette zu nehmen und so weiter.

Und natürlich der Eintrag über meinen größten Triumph: Der Tag, an dem ich von meinem Vater die 58er Strat bekam. Er war zwar kein Fan von dem „Lärm", den ich hörte, aber er trieb zu meinem 16. Geburtstag in irgendeinem Trödlerladen diese gebrauchte Gitarre auf. Wie mich das glücklich machte! Tja, Jim jedoch nicht so sehr, aber das wiederum machte mich umso glücklicher.

Heute frage ich mich, ob es denn wirklich eine 58er Strat ist - ich habe mal gegoogelt, was so ein Teil heute kostet. Egal, für mich wird sie immer die echteste Gitarre sein, die es überhaupt gibt.

Und es war die schönste Gitarre, die ich je gesehen hatte. Man konnte sehen, dass sie schon durch viele Hände gegangen war – das abgefummelte Griffbrett, die niedergespielten Bundstäbchen, ein Raucher war offensichtlich auch mal im Besitz der Gitarre gewesen, wie man dem Brandfleck an der Kopfplatte entnehmen konnte, da und dort Dongs im Lack – alles in allem ein ziemlich ramponiertes Teil, aber sie gehörte mir und damit war sie die beste Gitarre, die es auf der Welt gab!

Ich ließ es mir nicht nehmen, die Strat von da an regelmäßig mit zur Schule zu nehmen und mich – mysteriös wirken wollend – in den Pausen in ein stilles, aber doch gut sichtbares Eck zurückzuziehen und so zu tun, als würde ich an meinen neuesten Kompositionen arbeiten.

Aus dieser Zeit stammten auch ein paar Textzeilen, die ich in mein Tagebuch gekritzelt hatte. Zugegeben, die meisten waren einfach aus anderen Songs gestohlen.

Und dann war da noch Jennifer Denver.

Das Mädchen. Die Eine. Der Grund, warum ich beim Songwriting gesehen werden wollte.

Sie war recht neu an der Schule und sofort der neue Streitgrund für Jim und mich. Beide erhoben wir Anspruch auf sie und diskutierten jede freie Minute darüber, wer sich an sie ranmachen durfte, nur um rot anzulaufen, sobald sie an uns vorbeilief.

Jennifer fand schnell Anschluss an der Schule und umgab sich bald mit den angesagtesten Mädchen, was die Lage für Jim und mich allerdings dramatisch erschwerte. Nun mussten wir nicht nur Jennifer beeindrucken, sondern allem voran ihre Freundinnen – wie das nun mal so ist.

Und tatsächlich, als ich in einer Mittagspause so dasaß und ein paar Akkorde vor mich hin schrummte (ich kannte bis dahin nur E-Moll und G-Dur, um genau zu sein), ging sie an mir vorbei und lächelte mich an, gefolgt von ihrer Entourage und Melissa (ihren Nachnamen weiß ich nicht mehr) bestellte mir: „Jennifer wollte fragen, ob du morgen mit ihr zu Mittag essen möchtest."

Ich nickte mit einem höchstwahrscheinlich vollkommen belämmerten Gesichtsausdruck und schon waren sie alle wieder verschwunden. Wenigstens habe ich nicht gesabbert.

Flirren im Bauch. Freude. Angst. Muss ich aufs Klo? Doch nicht. Oder vielleicht doch?

Jim nahm die Nachricht recht locker auf. Er grinste sogar, was mich etwas wunderte, aber nicht weiter störte, denn ich war verliebt. Ja, mit 16 reicht die Aussicht auf ein Mittagessen mit einem schönen Mädchen aus, um schon die gemeinsame Zukunft samt Kindern, Haus und Hund zu planen. Ich plante noch gleich die Hochzeitsreise mit und überlegte mir einen Finanzierungsplan für unser erstes gemeinsames Haus.

Die Nacht verlief unruhig, also sortierte ich wieder mal Schallplatten und schlief dann irgendwann doch ein.

Am Morgen dann der Date-technische Supergau: Ein Pickel am Kinn, in der Größe einer Cocktailkirsche. Von Mutter ein bisschen Makeup geklaut, was das Ganze wie eine beige Cocktailkirsche aussehen ließ, von Vater ein bisschen zu viel Aftershave ausgeborgt, die Gitarre umgehängt, auf in die Schule. Nochmal zurück nach Hause laufen, Schulsachen mitnehmen wäre trotzdem nicht schlecht.

Als ich endlich zur Schule kam, wusste ich, warum Jim am Vortag so dämlich gegrinst hatte: Er hatte ein Mofa bekommen. Von seinem älteren Bruder. Es war zwar nur ein blödes altes Mofa, aber für uns Teenies sah es aus, als würde Peter Fonda höchst persönlich auf seiner Chopper vorfahren, während dazu Born to be wild von Steppenwolf als Soundtrack lief. Und wer stand wohl voller Begeisterung neben ihm? Und wer wurde wohl vom Mittagessen wieder ausgeladen und durch Jim ersetzt?

Was folgte, war ein endlos langer Tag und einige deprimierte Einträge in meinem Tagebuch. Songtexte mit Titeln wie: „Jennifer, oh Jennifer, warum, oh warum?" oder „Wie kann ich ohne dich leben?" oder mein Favorit „Einsam und allein und ungeliebt und betrogen".
Ich war am Boden zerstört.
Verdammter Jim. Verdammtes Mofa.
Und das alles an einem Tag. Unglaublich, wie viel Zeit man hat, wenn man so jung ist.

Die folgenden Tage wurden nicht besser und ich war ziemlich mies drauf. Meine Mutter durchschaute natürlich schnell, was los war und versuchte mich zu trösten, aber mir war klar, mein Herz war gebrochen und alles war äußerst dramatisch. Von meinem Vater gab es ein verständnisvolles „Kopf hoch" und einen Klaps auf den Rücken.
Deep Purple, Burn - Mistreated 1974. Der Song in diesen Tagen und Wochen.

Ich blätterte weiter in meinem Tagebuch.

Die Lage besserte sich mit der Zeit und ich kam über Jennifer hinweg. Nach einigen Wochen redete ich sogar wieder mit Jim und er schilderte mir sein Leid, dass sein ganzes Taschengeld für Benzin und die kostspieligen Wünsche draufging, die Jennifer so hatte: Erdbeereis, Ohrringe und so Mädchensachen. Aber sie blieben zusammen. Soweit ich weiß, sogar noch nach der Highschool. Was danach aus ihnen wurde, wusste ich nicht. Noch nicht.

Ich blätterte weiter. Eine Liste. An die konnte ich mich überhaupt nicht mehr erinnern. Sie trug den Titel: „Wie ich sein und was ich haben will"

1. Einen Super-Hit schreiben
2. Die große Liebe finden
3. Größer als Jim werden
4. Eine Chopper kaufen
5. Niemals spießig werden
6. Eine Bar kaufen
7. Durch die Welt reisen
8. Ein Haus kaufen
9. Eine Familie gründen
10. Ein Buch schreiben

Hm. Diese Liste, so unscheinbar sie aus heutiger Sicht auch war, war für mich wie ein Schlag in die Magengrube. Plötzlich erinnerte ich mich wieder: Ich sah mich mit meinen 16 Jahren genau hier sitzen, mit meiner damaligen

Optimal-Vorstellung vom Leben vor Augen, diese Liste schreibend. Ich war mir sicher. Und ich war zufrieden.

Und heute? 24 Jahre später? Nichts mehr davon. Ich habe die Liste vergessen und – wenn überhaupt – nur das Gegenteil von allem erreicht.

Ja, ich war spießig geworden. Mein Leben war von einer Chopper so weit entfernt wie noch nie. Ich hatte kein Haus, keine Frau, keinen Super-Hit und die einzigen Reisen, die ich machte, waren zum Büro und hin und wieder zu meiner Mutter und George. Eine Bar hatte ich zum letzten Mal vor zehn Jahren von innen gesehen. Was ich in ein Buch schreiben sollte, wusste ich nicht mal und vermutlich – wenn sich diese Tendenz weiterzog – war ich sogar immer noch kleiner als Jim.

Four.

Am nächsten Tag wieder der übliche Trott. Büro. Es war mir sehr schwer gefallen, von meiner Mutter und George wegzufahren und wieder in meine Wohnung zurückzukehren. Trendiges Schwarz, Weiß und Grau. Trendig vielleicht, aber ungemütlich wie in einem Knast. Ich war allein und alles fühlte sich kalt an.
Meine HiFi-Anlage konnte auch nicht wirklich mit meinem alten Plattenspieler mithalten und zum Frühstück gab es Müsli. Aber wenigstens hatte ich Kaffee. Und mein Tagebuch. Das hatte ich mitgenommen.

Die Tage vergingen im üblichen Trott. Zahlen, Meetings, Zahlen, Essen mit Mr. Smith, Regenschirm vergessen (einer war noch zuhause), noch mehr Zahlen. Aber ich war sowieso nicht bei der Sache. Die Liste ließ mich nicht in Ruhe.
‚Lächerlich. Wieso beschäftigt mich diese kindische Liste so?‘, dachte ich manchmal.
Und dann kam sie mir im selben Moment immens wichtig vor. So als wäre sie die letzte Verbindung zu mir. Zu mir, wie ich wirklich war. Wie ich sein wollte.
In jeder freien Minute, im Zug, im Büro, zuhause, las ich in meinem Tagebuch. Die Erinnerungen wurden immer lebendiger.
Mir war damals alles so klar gewesen. Ich hatte nie direkt einen Plan, aber Gewissheit. Es war offensichtlich, dass

ich immer nur das machen wollte, was mir Spaß machte und dass ich ein supercooles Leben im Sinn hatte. Und ich lernte mich selbst wieder kennen. Einen frechen und naiven, aber gerechten Jungen, der den Mut hatte zu träumen; der etwas erleben wollte; der sagte, was er dachte und der sich traute, er selbst zu sein.
Heute fand ich mich aber so gar nicht supercool. Ganz im Gegenteil.

Die Zahlen stimmten nicht.
Die vertiefenden Studien meiner Tagebucheinträge wirkten sich auf meinen Job aus, was mir anfangs egal war, aber nachdem Mr. Smith mit seinen stechenden Augen an meinem Büro vorbeigelaufen war und mir einen vielsagenden Blick zugeworfen hatte, wusste ich Bescheid. Der alte Nussknacker war unzufrieden.
Aber auch das war mir egal. Irgendwie schien mir der 16-jährige Jonathan zu sagen:
„Was soll's?"
Und ich dachte: ‚Stimmt! Was soll's?'
Und noch ein paar seltsame Dinge passierten. Ich hatte kreative Gedanken und das Bedürfnis, Überlegungen aufzuschreiben. Ich wollte wieder ein Tagebuch führen. Und ich malte sogar eine Wand in meiner Wohnung rot an.
Buddy Miles, Them Changes, 1970.
Meine plötzlich zurückkehrende Kreativität behielt ich lieber für mich, um im Büro nicht als Sonderling dazustehen und ich tat weiterhin so, als würde ich arbeiten.

So vergingen ein paar Wochen.

Lunch mit Mr. Smith.
Am Morgen hatte ich meinen letzten Schirm im Zug vergessen und ich ahnte schon, dass das heutige Gespräch mit dem Boss eine Standpauke beinhalten würde, aber was wollte er mir schon tun? Mir, seinem „Goldjungen"?
Das Essen verlief wie immer. Blutiges Steak, der immer wieder billige Whiskey-Witz und dann ging es los:
„Mr. Walker, noch eine Sache. Wie Sie bestimmt schon selbst bemerkt haben, lässt Ihre Arbeit in den letzten Wochen stark zu wünschen übrig. Mir ist ja zu Ohren gekommen, dass Ihre Lebensgefährtin Sie sitzen gelassen hat, aber finden Sie es richtig, dass deswegen Ihre Leistung darunter leidet? Dass die Firma darunter leiden muss? Nehmen Sie es wie ein Mann und kommen Sie wieder auf die Beine, Junge!"
Die Firma leidet? Wie ein Mann nehmen? Hatte ich richtig gehört? Meine Halsschlagader begann hektisch zu pulsieren. „Nun, Mr. Walker, wie Sie wissen, ist die Kette nur so stark wie ihr schwächstes Glied und wenn Ihr Glied nicht stark genug ist...", dramaturgische Pause, um ein paar Lacher zu erzwingen, „müssen wir uns etwas anderes für Sie überlegen. Das wird auch Ihre Partnerin so gesehen haben, die übrigens eine entzückende Person ist, wie ich bei der letzten Weihnachtsfeier feststellen durfte! Nun seien Sie ein braver Junge und reißen Sie sich am Riemen."

Smith tupfte sich mit der Stoffserviette die Mundwinkel ab, bevor er sie achtlos neben seinen leeren Teller warf.
Mein Glied? Eine entzückende Person? Am Riemen reißen?
Mir wurde heiß. Und kalt. Dann wieder heiß. Er wartete auf mein demütiges Nicken. Die Zeit blieb stehen.
Der 16-jährige Jonathan übernahm die Regie.
Er hob seine rechte Hand.
Ballte sie zu einer Faust.
Und streckte seinen Mittelfinger.

Ich hatte danach noch 30 Minuten Zeit, um meinen Schreibtisch zu räumen.
Und es regnete. Ich war noch nie so froh, keinen Schirm dabei zu haben.

Five.

Pelzige Zunge. Kopfschmerzen. Übelkeit. Kein Gefühl in den Beinen. Wo war ich? Und wo war meine zweite Socke? Aber vor allem: Was war passiert?

Die Erinnerung an den Vortag bahnte sich in Zeitlupe einen schmerzhaften Weg an die Oberfläche meines Bewusstseins:
Ich schmiss alles, was sich in und auf meinem Schreibtisch befand, in einen Karton und verließ fluchtartig das Gebäude. Der ganze Prozess lief automatisch, völlig emotionslos ab. Ich weiß noch, ich blickte in schockierte Gesichter, da und dort hörte ich eine Stimme:
„Jonathan! Was hast du getan? Stimmt es, dass du Mr. Smith den Finger gezeigt hast?"
Ich nickte bloß, ließ mir noch ein paar Mal auf die Schulter klopfen und dann raus. Einfach nur raus.
Da stand ich also, im Regen, in der einen Hand meine Aktentasche, in der anderen den Karton. Nach einem Blick hinein fragte ich mich, ob in dieser Schachtel überhaupt etwas drin war, das ich mitnehmen wollte. Eben. Also in den Mülleimer damit.
Der Regen durchnässte mich innerhalb kürzester Zeit. Ich ging nach links, in Richtung Zug. Aber was sollte ich jetzt zuhause machen? Ich ging nach rechts in Richtung Zentrum. Aber was sollte ich dort machen? Nach einigem Hin und Her wusste ich, was zu tun war. Nämlich genau

das, was jeder erwachsene Mann tut, wenn er nicht weiterweiß: Ich rief meine Mutter an.

Ich schilderte ihr am Telefon, was vorgefallen war und sie wiederholte jedes Wort wie eine Art Echo. Das tat sie immer, wenn sich George im selben Raum befand und sie wollte, dass er die neuesten Infos schnellstmöglich mitbekam. Ich hörte immer wieder Georges Stimme aus dem Off begeistert rufen:

„Endlich! Jawohl! Das ist unser Jonathan!"

Meine Mutter wusste natürlich schnell, worauf ich hinauswollte und so ließ ich mich auch nicht lange bitten, als sie mich zu sich nach Hause einlud.

Wie ein geschlagener nasser Hund schlich ich zur Busstation und wartete.

Gedanken überfluteten mich. Und meine Gefühle überschlugen sich. Gedanken von „Das war das Beste, was du je getan hast!" bis zu „Du Vollidiot, du hast dir gerade dein gesamtes Leben ruiniert!" trugen in meinem Kopf eine erbitterte Schlacht aus. Noch war ich mir nicht sicher, wer gewinnen würde.

Und zu allem Übel waren die Batterien in meinem Discman leer.

Als ich im Bus saß, war ich alles: Ich war schockiert und zugleich amüsiert. Ich war glücklich und hatte Angst. Ich war stolz auf mich und hätte mir am liebsten selbst eine reingehauen. Ich starrte wie irre aus dem Fenster und brummte irgendwelche sinnlosen Sätze vor mich hin, worauf die alte Dame neben mir ihren kleinen Hund schnappte und sich schleunigst ein paar Reihe von mir entfernt niederließ.

„Aber, aber, kleiner Benny. Der seltsame Mann tut dir doch nichts!", versuchte sie den kleinen Benny zu beruhigen. Der kleine Benny aber war anscheinend davon überzeugt, dass dem nicht so war, fletschte die Zähne und knurrte mich zwischen den Sitzen hindurch an.
Als Benny sich dann endlich doch noch beruhigte, musste ich auch schon aussteigen. Es regnete nicht mehr ganz so stark. Ich lief zum Haus meiner Mutter.

Kaum, dass ich an der Tür geklopft hatte, riss sie diese auf und fiel mir um den Hals. Ich konnte zuerst nicht feststellen, ob sie lachte oder weinte, doch als mir George entgegensprang und dabei eine Sektflasche köpfte, war ich mir ziemlich sicher, dass sie nicht weinte.
„Jonathan, du alter Haudegen!", schrie George aus voller Kehle, „Ich wusste es! Ich wusste es!"
Und er nahm noch einen kräftigen Schluck aus der Flasche. Er zog meine Mutter, die sich noch immer an mich klammerte, und mich ins Haus. Da war ich wieder.
Normalerweise erwartet man sich ja von seiner Mutter eine Standpauke oder zumindest ein besorgt-hysterisches „Aber was soll denn nun aus dir werden?" Doch das war nicht der Fall. Ich war mir sicher, noch vor einigen Jahren, B.G., also: before George, hätte sie auch so reagiert. Aber seit sie mit George zusammen war, hatte sie sich stark verändert.
Sie war noch immer die liebevolle Mutter, die mich umsorgte, aber eben nicht mehr sorgenvoll. Sie war freier, glücklicher und sie hatte mehr Vertrauen in das Leben an sich. Und das strahlte in dem Moment auch auf mich ab.

Sobald ich über die Türschwelle ging, schien das zittrig-Nervöse nach und nach von mir abzufallen. Ich wollte George gerade nach dem Hemd vom letzten Mal fragen, als ich bemerkte, dass er schon alles vorbereitet hatte. Das Hemd, eine Hose und natürlich die Sandalen.

Ich verschwand kurz im Badezimmer, um mich umzuziehen (George verstand überhaupt nicht, warum ich mich genierte, mich in Unterwäsche zu zeigen) und als ich ins Wohnzimmer zurückkam, saßen die beiden vor Freude strahlend auf dem Sofa.

„So, mein lieber Junge, jetzt stoßen wir mal auf dich an!", sagte meine Mutter mit geröteten Wangen und schenkte großzügig Sekt ein.

„Aber ... warum freut ihr euch so? Ich habe gerade etwas, naja, man könnte sagen, sehr Dummes getan!", fragte ich sie.

„Etwas Dummes?", fragte George und zog die Augenbrauen hoch, „Das war das Beste, was du überhaupt machen konntest! Um ehrlich zu sein, deine Mutter und ich haben schon seit Langem eine Wette am Laufen, wann es denn endlich soweit sein würde!", fügte er lachend hinzu.

„Schön, dass ihr so viel Spaß mit mir habt", sagte ich und ließ mich aufs Sofa fallen.

„Und wer hat gewonnen?"

„Deine liebe Mutter, Jonathan. Sie hat gewonnen. Ich dachte ja, dass du erst nächstes Frühjahr soweit sein würdest, aber Rosie war sich sicher, dass es noch heuer passiert. Tja, da haben wir es wieder mal: nichts geht über die innige Verbindung zwischen Mutter und Kind, seit jeher und von Anbeginn der Zeit, über das Heranwachsen im Leib der Mutter …"

„Bitte, George …", unterbrach ich ihn ächzend, „Keine Mutter-Kind-Verbindungs-Vorträge."

Du musst dazu wissen, dass George immer schon tief beeindruckt von der Beziehung zwischen Mutter und Kind war und regelmäßig ausführlich darüber referierte – bis zum Grande Finale, der Geburt, die er für meinen Geschmack etwas zu anschaulich darstellte.

Wir leerten noch eine zweite Flasche Sekt und leicht angedüselt begann ich mich immer sicherer in meiner Entscheidung zu fühlen – so wie es Alkohol schon immer mit mir gemacht hat. Egal, wie dumm eine Idee war, Alkohol machte sie zur besten Idee, die ich je hatte.

„Ich sag' euch was: Ich bin frei und kann mit meinem Leben von heute an machen, was ich möchte!"

Ich fühlte mich wie Mel Gibson in Braveheart und bekam ein zustimmendes „Hört-hört!" von George als Bestätigung.

Phase zwei: Ich war am Boden zerstört – so wie es Alkohol schon immer mit mir gemacht hat. Egal, wie gut eine Idee war, Alkohol verwandelte sie in einen existenzialistischen Schwarzweißfilm, in dem ich auf einer einsamen Brücke stehend mein Schicksal beklagte, kurz bevor ich sprang.

„Ich habe mein Leben zerstört! Was soll ich jetzt bloß tun?", schluchzte ich und bekam von George ein „Hört-hört" zur Antwort, was mich kurz daran zweifeln ließ, ob er noch bei der Sache war.

„Ich weiß, was zu tun ist, Jonathan!", unterbrach mich George in meinem selbstbemitleidenden Gemurmel. „Wir gehen in eine Bar und dort lassen wir mal so richtig die Sau raus! Jonathan, du musst mal deine Festplatte löschen! Du musst frei werden in deinem Oberstübchen!"
Er sprang auf und man konnte ihm ansehen, dass er sich am liebsten wieder die Kleider vom Körper gerissen hätte. Er unterließ es dann aber doch, da ihm bewusst wurde, dass er ja gleich außer Haus gehen wollte.
„Nein, George, heute nicht. Ich möchte mich einfach nur in meinem Zimmer verkriechen und schlafen."
„Nichts da! Verkrochen hast du dich lange genug!"
Seine Augen funkelten, eine wilde Party witternd.
Meine Mutter gab ihm Recht:
„Mein Sohn, du gehst heute noch aus! Und keine Widerrede! George weiß schon, was er tut, das kannst du mir glauben!"
Nach einigem Hin und Her erkannte ich, dass meine Lage aussichtslos war und stimmte zu, auf ein Getränk mit George in seine Stammbar zu gehen. Ich nahm sogar hin, dass ich in seinem Hippie-Outfit gehen würde, da meine Sachen noch immer nicht trocken waren und aus irgendeinem mysteriösen Grund nach Benny rochen.

So gingen wir zwei Hippies also los und landeten in einem Lokal namens „Charlie's Pub" – ein etwas runtergekommenes Pub, in dem man beim Reingehen das Gefühl hatte, in ein anderes, dickeres Medium als Luft einzutreten. Hier und da ein paar Leute, die in ihre Biergläser starrten, eine alte Jukebox, eine lange, von verschütteten Getränken und Zigarettenglut geschändete Bar, der Boden klebrig, sodass es mir beim Gehen fast die Sandalen auszog. Und da waren sie: Georges Kumpanen. Nach einem anscheinend für sie normalen Begrüßungsritual, bei dem sehr viel umarmt und geküsst wurde, stellte George mich der Gruppe vor und ich wurde ebenfalls geküsst und umarmt.

Nun brauchte ich dringend einen Drink und schlich mich an die Bar davon, während sich George und seine Freunde an der Jukebox versammelten und die Playlist für diese Nacht besprachen.

Ich wuchtete mich so elegant wie es mir nur möglich war auf einen der für meinen Geschmack etwas zu hohen Barhocker und versuchte, die mit dem Rücken zu mir stehende Kellnerin mit einem „Hm-Hm" auf mich aufmerksam zu machen. Keine Reaktion. „Hm-Hm-Hm". Wieder nichts. Mein Räuspern zeigte keine Wirkung.

„Entschuldigung?", versuchte ich es mit etwas lauterer Stimme. Da drehte sie sich um und sagte:

„Einen Moment noch."

Ich konnte ihr Gesicht nur eine Sekunde lang sehen, aber das reichte.

Es war das schönste Gesicht, das ich jemals in meinem ganzen Leben gesehen hatte. Da war ich mir sicher. Ich spürte, wie meine Ohren rot wurden. Das taten sie immer, wenn ich einer schönen Frau begegnete.

„So!", sagte sie, warf ihre unbändige rote Lockenpracht zur Seite und wandte sich mir zu.

„Also, was darf es für dich sein?"

„Ich, äh … ich, äh …"

‚Nicht sabbern', dachte ich angestrengt. Sie lächelte mich an und schlug vor:

„Wie wäre es mit einem schönen Glas Bier zum Einstieg?"

Wortloses Nicken erschien mir in dem Moment die unpeinlichste Variante als Antwort zu sein und so tat ich es.

Diese Frau. Wer war sie? Woher kam sie? Und warum war ich bloß so bescheuert angezogen?

Sie stellte mir das Bier vor die Nase, zwinkerte mir zu und drehte sich wieder weg. Ja gut, ich gebe es zu. Auch ihre Hinteransicht war der völlige Wahnsinn. Nicht nur von vorne – ihre grünen Augen, ihr umwerfendes Lächeln, ihre roten Locken –, nein, auch ihr Rücken und was sich sonst noch so vom Rücken abwärts befand war atemberaubend.

Hey, was willst du? Ich bin ein Mann!

Ich wollte einfach nur dasitzen und sie bewundern. Aber nicht mit George. Er stand plötzlich hinter mir, zog mich vom Hocker und schrie mir aus ungefähr fünf Zentimetern Entfernung mit seiner feierlichsten Stimme ins Gesicht:

„Jonathan, es ist Zeit zu TANZEN!"

Was in der Jukebox lief?

Rare Earth, I just want to celebrate, Album: One World, 1971.

„Nein, bitte George …", wimmerte ich. „Bitte nicht tanzen. Ich kann nicht tanzen!"

Doch George war gnadenlos.

„Hört ihr das, Jungs? Er kann nicht tanzen, sagt er! Pah! Das Natürlichste auf Erden, was jedem Menschen angeboren ist, will er nicht mehr können! Hier seht ihr, was die Gesellschaft aus einem machen kann! Ich sage: Wi-der-stand! TAN-ZEN! TAN-ZEN! TAN-ZEN!"
Er stimmte einen Chor an, den seine Jungs natürlich sofort aufgriffen. So schnell konnte ich gar nicht reagieren, stand ich mitten in einem Kreis, der sich um mich gebildet hatte, alle Augen waren auf mich gerichtet und voller Erwartung, dass ich lostanzte. Und wer schaute auch zu? Die Kellnerin. War ja klar. Mit einem breiten Grinsen im Gesicht.
Ich dachte über meine Optionen nach.
Erstens: Ein plötzlich auftretendes körperliches Gebrechen, wie zum Beispiel einen Bandscheibenvorfall simulieren. Scheidet aus. Man möchte ja vor so einer Frau nicht als gebrechlicher Mann dastehen.
Zweitens: Ganz offen zugeben, dass man nicht tanzen kann beziehungsweise will. Scheidet aus, da eine Frau, so erzählt man sich, von den tänzerischen Qualitäten auf andere Qualitäten schließen kann.
Drittens: Davonlaufen. Scheidet aus, da mich George mit seinen Kumpels wie ein tanzwütiges Rudel Wölfe verfolgen und zur Strecke bringen würde.

Viertens: Tanzen.
Ich versuchte, mich an ein paar Moves zu erinnern, die mich in dieser Situation retten konnten. Hüftarbeit. Elvis. Immer die Hüfte bewegen. Und es ging los.

Schön bei der Sache bleiben, Jonathan, sagte ich mir, während ich versuchte, meinen Hüftschwung nicht wie unkontrolliertes In-die-Luft-Rammeln aussehen zu lassen. Beinarbeit. James Brown. Tickticktick. Drippeln, drippeln, drippeln! Schneller, schneller, langsamer. Wadenkrampf.

Die ewige Frage: Was macht man mit seinen Armen? Freddy Mercury. Faust ballen, strecken, ballen, strecken. Anderer Arm. Beide gleichzeitig.

Zwischendurch schnell einen Tequila runterschütten.

Na bitte, fühlt sich doch gleich besser an.

Kurz nachdem ich bemerkt hatte, dass ich eine Sandale offensichtlich irgendwo in die Dunkelheit geschleudert hatte, legten George und seine Truppe los und schon umschwirrte mich ein Haufen alternder Hippies mit ihrem abgefahrenen Tanzstil. Ich dachte mir, während ich noch einmal zum Drippeln ansetzte: „So frei von der Seele weg wie diese alten Knacker möchte ich mal tanzen können."

Und so verging der gesamte Abend, soweit ich mich noch daran erinnern kann. Es wurde getrunken, getanzt, noch mehr getrunken und schließlich brachte uns Carl, Georges bester Freund, nach Hause. Ich weiß noch, dass ich George von der Kellnerin erzählte, als er mich in mein Zimmer brachte und wissen wollte, wie ihr Name war, doch er kicherte bloß und sagte:

„Das, mein Junge, musst du selbst rausfinden."

Six.

Am nächsten Morgen, nach einer langen, heißen Dusche, wackelte ich die Stufen hinunter, voller Sehnsucht nach einer Tasse Kaffee. Meine Mutter war bereits in der Küche und empfing mich mit einem wissenden Lächeln.
„Na, ihr hattet ordentlich Spaß, wie man hört?"
„Ja, das kann man so sagen."
Ich setzte mich an den Küchentisch und fragte sie:
„George? Hat er sich wieder hingelegt?"
„Aber nein, Jonathan! George ist schon seit sechs Uhr morgens wieder auf den Beinen. Nach seinen Yogaübungen ist er direkt in den Garten gegangen und kümmert sich um sein Beet."
Wie konnte George diese Nacht so einfach wegstecken? Wo nahm er die Energie dafür her?
„Mom, ich möchte dich was fragen. Glaubst du, dass es wirklich klug von mir war, alles hinzuschmeißen?"
„Jonathan, glaubst du, dass es klug gewesen wäre, es nicht hinzuschmeißen? Wohin hätte das alles noch führen sollen?"
Ich verbrannte mir am Kaffee die Zunge und fragte weiter:
„Ja, sicher. Es hätte nirgendwo hingeführt. Aber hätte ich mich nicht zuerst um eine Alternative kümmern sollen? Einen anderen Job suchen oder so?"
„Nein, warum? Wie ich dich kenne, hast du die letzten Jahre fleißig gespart, oder? Warum die Hektik? Ich als deine Mutter schlage dir vor, dass du jetzt mal zu leben

beginnst! Ich weiß, wovon ich rede, mein Sohn. Versteh' mich nicht falsch, ich habe deinen Vater über alles geliebt. Aber er konnte ab einem gewissen Punkt nicht mehr aus seiner Haut raus. Er hat alles für seine Familie getan, gearbeitet von früh bis spät. Gespart, verzichtet, sich immer selbst hintangestellt. Aber so war er nicht immer. Als ich ihn kennenlernte, war er ein unbeschwerter junger Mann mit Träumen und Fantasie. Erst später, nach dem Tod seines Vaters und nach dem letzten Gespräch, das er mit ihm führte, wurde er so, wie du ihn kanntest. Er wurde viel zu ernst. Ich weiß nicht mal, was die beiden damals besprochen haben, aber es muss ihn zutiefst getroffen haben."

Ich war verwundert, dass meine Mutter so offen mit mir sprach. Seitdem mein Vater gestorben war, hatten wir das nie getan.

„Du weißt ja noch, als er dir die Gitarre kaufte? Ich weiß genau, dass er am liebsten selbst zu spielen gelernt hätte, aber das erlaubte er sich nicht. Ein Erwachsener macht sowas ja nicht. Ich konnte sehen, dass er so nicht glücklich mit sich war, aber ich konnte ihm dabei leider auch nicht helfen. Man kann niemandem helfen, der sich nicht helfen lassen möchte, weißt du, Jonathan? In dir sah er sich immer selbst – so wie er gern gewesen wäre."

So hatte ich das noch nie gesehen.

„Hast du es denn nie eigenartig gefunden, dass ein so knallharter Geschäftsmann wie dein Vater, für den scheinbar nur Profit und Effizienz zählten, dir einen Plattenspieler und all die ‚wilde Musik' dazu gekauft hat?

Dass er dich mit zerschlissenen Jeans und abgetragenen Jacken und Stiefeln in die Schule marschieren ließ?"
Jetzt, wo sie es sagte, fiel es mir auf. Ich konnte mich beim besten Willen nicht daran erinnern, dass er mir jemals etwas von seiner Lebensweise aufgezwungen hätte. Ich weiß auch noch, dass er meine schlechten Noten nur mit einem Lächeln und einem Achselzucken quittiert hatte und dann mit mir auf ein Eis gegangen war.
„Aber warum wurde er so, Mom?", fragte ich.
„Ich weiß es nicht, mein Junge. Ich weiß nur, dass er uns, und speziell dich, über alles liebte und dass er dir die Freiheit geben wollte, die er sich selbst aus irgendeinem Grund nicht nehmen konnte.
Weißt du, was er eigentlich werden wollte, als ich ihn kennenlernte? Musiker in einer Rock'n'Roll-Band."
Eine Träne lief über ihre Wange und ich stand auf, um sie in den Arm zu nehmen.
„Du hast sehr viel von ihm, Jonathan. Und ich weiß, dass du nach seinem Tod sein Vermächtnis in Ehren halten wolltest und dich auch in beruflicher Hinsicht ihm angenähert hast. Aber bitte tu das nicht mehr. Sei du selbst. Das würde ihn am meisten freuen. Und er wäre stolz auf dich, mein Kleiner."
Während sie in meinen Armen schluchzte und ich auch gerade eine Träne wegschniefte, kam George in die Küche gestürzt und rief aufgeregt:
„Seht euch diesen prachtvollen Pilz an! So einen hab ich ja noch nie gesehen!", ließ den Pilz aber fallen, als er uns so dastehen sah und umarmte uns beide, nicht wissend, worum es eigentlich gerade ging.

Meine Mutter hatte Recht. Ich hatte über die Jahre einiges gespart und konnte mir die Zeit nehmen, die ich brauchte, um rauszufinden, was ich aus meinem Leben eigentlich machen wollte. Aber was war das bloß? Es war an der Zeit, meine Hobbys zu durchforsten. Nun… welche Hobbys? Ich hatte keine, also musste ich welche finden. Oder mich zumindest daran erinnern, was ich als Kind gern gemacht hatte.

Und da nahm ich wieder mein kleines Tagebuch zur Hand. Ich setzte mich auf die Terrasse mit dem malerischen Ausblick auf Georges eigenartiges Beet und blätterte durch das Buch. Interessant war, dass ich schon als Kind in Wahrheit keine Hobbys gehabt hatte – außer Musik. Alles drehte sich um Musik. Welche Platten ich kaufte, welche ich gerne hätte, welche ich hatte und Jim Spencer nicht und welche er hatte, die ich nicht hatte. Und meine eigenen Songs. Nun, es waren nicht wirklich Songs, sondern eher Fragmente von Texten und Akkordfolgen, aber ich konnte mich noch sehr genau daran erinnern, dass damals jeder Song in meinem Kopf spitze klang. Wenn er nicht sogar hitverdächtig war. Ob ich noch spielen konnte?

Ich ging in mein altes Zimmer und da stand sie auch schon, meine Strat. Etwas verstaubt, aber immer noch so schön wie an dem Tag, an dem ich sie bekommen hatte. Und der alte Marshall-Verstärker. Ich nahm die Gitarre in die Hand, schloss das Kabel an, aktivierte den Verstärker, gefolgt von dem wunderschönen Brummen der Röhren, die sich aufwärmten. Seltsam, das komische „Bruzzeln"

war mir damals gar nicht aufgefallen ... das „Wump-Wump-Wump" aus dem Speaker auch nicht.
‚Wird schon seine Richtigkeit haben', dachte ich und zog in alter Manier einen wuchtigen, offenen G5 Akkord durch.
Stille. Dann ein „Poing".
Ich hatte nicht nur den Verstärker gekillt, sondern auch gleich eine Saite erledigt.
Verstärker wieder abgedreht, Gitarre hingestellt und wieder in den Garten gegangen.
„George? Kennst du dich mit Verstärkern aus?"
„Ja sicher! Warum denn?"
„Nun, ich glaube, mein alter Verstärker hat ein kleines Problem. Ich wollte gerade ein bisschen spielen, aber er gibt nichts mehr von sich", schilderte ich ihm das Problem.
„Verstehe", sagte George, wischte sich die Hände ab und verschwand im Geräteschuppen, um gleich darauf mit seinem Werkzeugkoffer zurückzukehren.
„Dann werden wir uns den Patienten mal anschauen."
Im Zimmer drehte er den Amp ein paar Mal auf und ab und kommentierte den Vorgang immer wieder mit einem fachmännischen „Mhm". Er drehte ihn um, wackelte am Stromkabel, stellte fest, dass das rote Lämpchen tatsächlich leuchtete und nicht allzu viel kaputt sein konnte.
Ich bot mich an, die üblichen Handlangertätigkeiten zu übernehmen und ging die Treppe nach unten, um uns Kaffee zu holen. Gerade als ich die zweite Tasse füllte, begann das Licht in der Küche zu flackern.

„Bzzz-Bzzz-Bzzz-Bzzzzzzzzzzzz-Bummm!!!"
Das Licht ging aus.
„George!", rief ich, „Alles in Ordnung?"
Da kam er mir schon entgegen, den Schraubenzieher noch in der Hand, seine grauen Haare noch wirrer als sonst und leicht verbrannt riechend.
„Muss mich kurz hinlegen ...", sagte er mit monotoner Stimme und den Blick geradeaus gerichtet. „Verstärker ... komische Sache ..."
Ich bildete mir ein, dass auch seine Sandalen rauchten, konnte es aber nicht genau ausmachen, als er in seinem Zimmer verschwand.
Meine Mutter, die bei ihrer Nachbarin gewesen war, kam ins Haus gestürzt.
„Was ist passiert? Drüben gingen gerade die Lichter aus! Ist George in Ordnung?", fragte sie mich mit unüberhörbarer Panik in der Stimme.
„Das letzte Mal, als alle Lichter ausgingen, wollte er den alten Toaster reparieren!"
Ich erklärte ihr in abgekürzter Form, was geschehen war.
„Ach, der alte Dummkopf!"
Sie lief sofort in sein Zimmer.
Es war ihm nichts passiert. Später behauptete er, dass er alles richtig gemacht habe und dass der Stromschlag ein Zeichen gewesen war für die großen Dinge, die danach geschehen sollten. Meine Mutter und ich beließen es dabei und stimmen ihm bis heute immer nur mit „Ganz sicher, George. Da hast du absolut Recht, George!", zu.
Nach dieser Aufregung machte ich mich in meinem Zimmer auf die Suche nach einem Satz Saiten, konnte

aber keinen finden, also beendete ich das Projekt für diesen Tag.

„Wie sie wohl heißt?", fragte ich mich. Ich wollte sie wiedersehen. Oder hatte ich mich in der vergangenen Nacht zu sehr zum Affen gemacht? Nein, ich glaubte nicht. Oder doch? Egal. Nach dem Abendessen beschloss ich, noch kurz rauszugehen, um einen kleinen Spaziergang zu machen. Ich lief so vor mich hin und kam auch ganz unabsichtlich am Pub vorbei. Charlie's Pub.
„Soll ich reingehen? Lieber nicht. Ich möchte mich ja nicht aufdrängen. Oder doch? Vielleicht will sie ja, dass ich mich aufdränge! Immerhin hat sie mir wiederholt zugezwinkert. Oder vielleicht hat sie bloß ein nervöses Auge und ich hab da was missverstanden?"
Ein heftiger Rempler riss mich aus meinen Überlegungen.
„'Tschuldigung, Opa."
Frechheit! Opa? Die dunkle Gestalt verschwand im Pub und ich dachte noch den ganzen Heimweg darüber nach, was die schlagfertigste Antwort gewesen wäre.

Seven.

Schließlich musste ich doch wieder in meine Wohnung, zumindest, um Kleidung zu holen.
Mit dem Bus in die Stadt. Wenn man ein paar Tage außerhalb verbracht hat, wirkt alles darin noch trister als es ohnehin ist. Faszinierend, wie seelenlos alles erscheint. Wie die Menschen ferngesteuert durch die Straßen hetzen. Und manche steuern auf mich zu, als wäre ich ein Geist.
„Worum dreht sich das alles eigentlich?", fragte ich mich, als ich den Schlüssel zu meiner Wohnung im Schloss drehte.
Ein leicht muffiger Geruch wehte mir entgegen. Die letzten beiden Zimmerpflanzen, die mir nach der Trennung geblieben waren, hatten in der Zwischenzeit offensichtlich Selbstmord begangen.
Ich fühlte mich irgendwie fehl am Platz. Klar, es war eine großartige Eigentumswohnung in guter Lage und sie war teuer gewesen – was in einer gewissen Gesellschaftsschicht das Wichtigste ist. Sie musste teuer sein. Ob man sich darin wohlfühlte oder nicht, spielte keine Rolle. Alles musste teuer sein. Die Wohnung, die Kleidung, das Essen, der Wagen, die Frisur. Alles musste was kosten, sonst war es nichts wert. Ganz gleich, ob es einem gefällt, schmeckt oder Spaß macht. Womit soll man sonst vor seinen „Freunden" prahlen? Es erschafft in dem Sinn ja niemand etwas.

Alle funktionieren bloß, tun das, was jemand anderer von ihnen will, verbringen ihre Zeit von früh bis spät in irgendwelchen Büros und betäuben ihre innere Leere mit kostspieligen Freizeitaktivitäten – immer mit dem Hintergedanken, was sie ihren Arbeitskollegen dann nicht alles für Geschichten reinwürgen könnten:
„Der Urlaub war fantastisch! Naja, zu dem Preis sollte er es ja auch besser sein! Hohoho!"
Aber von dem fünftägigen Durchfall oder dem Sonnenbrand, der die Hummer neidisch werden ließ, erwähnt man natürlich nichts.
Hier ist alles Stress und dort ist alles gut.
Kann es nicht auch hier gut sein?
Kann man nicht sein Leben so gestalten, dass man das alles nicht mehr braucht? Keinen nervigen, langweiligen Job, keine Selbstbeweihräucherungen, keine Statussymbole? Warum machen wir das alles? Sind wir so arm, dass wir das um jeden Preis brauchen?
Ich dachte an meinen Großvater. Ein einfacher Schreiner, der seinen Beruf sein Leben lang geliebt hat. Er wurde nie reich damit, in finanzieller Hinsicht, aber solange er lebte, übte er seinen Beruf aus. Ich weiß noch, wie er selbst im hohen Alter arbeitete. Nicht, weil er musste, er war schon lange pensioniert, sondern weil er es wollte.
Und wie sieht es bei den meisten Menschen heute aus? Altersvorsorge. Man rechnet sich schon bei Arbeitsantritt aus, wie lange man arbeiten muss, um dann in Pension gehen zu können. Ist das der Sinn des Ganzen?
Und noch was: Mein Großvater erschuf Dinge, von Stühlen und Tischen über Schränke bis hin zu

Kinderspielzeug, das es heute noch gibt. Es hat überdauert.

Und was machte ich? Was würde überdauern? Abgesehen davon, dass ich nicht mal Nachfahren hatte, die das interessieren würde. Toll. Da reißt man sich den Hintern auf, um möglichst viel ranzuschaffen und was opfert man dafür? Das Leben.

Aber ich wollte leben.

Es wurde mir zu eng in der Wohnung. Sie schnürte mir die Luft ab. Ich musste wieder raus, also packte ich schnell ein paar Sachen und machte mich wieder auf den Weg zu meiner Mutter und George.

Ja, ich weiß: wie ein kleines Kind. Aber manchmal tut es gut, ein Kind sein zu dürfen.

Meine Mutter und George hatten überhaupt nichts dagegen, als ich sie fragte, ob ich noch ein paar Tage bleiben konnte. Es fühlte sich gut an. Heilsam.

Und die Tage vergingen. Tage, an denen ich nichts tat außer Dinge, die Männer nun mal tun, wenn sie auf dem Weg der Selbstfindung sind.

Ich versuchte, mir einen Bart wachsen zu lassen. Dieses Projekt scheiterte jedoch an der Unregelmäßigkeit meines Bartwuchses und so entschied ich mich, bloß die Koteletten stehen zu lassen. Nicht ganz wie Elvis, das Koteletten-Idol schlechthin, aber es ließ sich zumindest ein Hauch von Rebellentum erahnen.

Auch den monatlichen Haarschnitt ließ ich aus, was mir einen leicht verwegenen Touch verlieh, wie George es ausdrückte.

Ich beobachtete mich selbst sehr viel in dieser Zeit und obwohl man sich ja ständig irgendwo im Spiegel sieht, kam es mir vor, als würde ich mich endlich wieder mal richtig sehen. Meine dunklen Haare, mittlerweile von ein paar weißen durchsetzt, meine braunen Augen, die kleine Narbe an meinem Kinn, die mir Jim Spencer mit einem Hockeyschläger – angeblich unabsichtlich – verpasst hatte.

Kleine Details wurden plötzlich interessant: Hatte ich dieses Muttermal schon immer? Warum wachsen die Fingernägel meiner linken Hand schneller als die der rechten? Ein bisschen Farbe im Gesicht, weil ich mich viel im Garten aufhielt. Bemerkenswert, da man beim durchschnittlichen Bürojob ja einen Teint à la Voldemort aufweist.

Und ich bemerkte, wie viele Dinge mir nicht fehlten.

Das Internet zum Beispiel. Mein Mobiltelefon hatte ich zwar mit, aber nicht eingeschaltet; der riesige Flatscreen in meiner alten Wohnung – das alles ging mir keine Minute lang ab.

Ich hörte viel Musik, sortierte immer wieder meine Platten um, zupfte hier und da an den Saiten meiner Gitarre, las einige Bücher aus meiner Jugend und blätterte oft in meinem Tagebuch.

Ein Eintrag belustigte mich besonders:

„Ich glaube, ich bin über Jennifer hinweg und bin jetzt soweit, dass ich ihr und Jim sogar alles Gute wünschen kann. Ich weiß, dass sie mir das Herz gebrochen hat und dass es vermutlich nie wieder ganz heilen wird, aber ich gebe der Liebe eine Chance. Sollte ich jemals die Frau meines Lebens, die Liebe meines Lebens finden, dann schreibe ich ihr einen Song. Und der geht so:

When I see no hope no happiness
When I'm feeling lost and confused
When it seems like the world ain't turnin' right
All I need is a look at you

Und sie wird wissen, dass ich sie meine."

Nun, zugegeben, der Song würde vermutlich nur acht Sekunden dauern, aber so schrieb ich damals. Der größte Teil spielte sich in meinem Kopf ab.
„Wie sie wohl heißt?", murmelte ich vor mich hin, als ich zum nächsten Eintrag blätterte.
„Wie heißt wer?", riss mich meine Mutter aus meinen Gedanken.
„Ach, niemand", sagte ich und wollte rasch das Thema wechseln.
„Niemand? Man erzählt sich nämlich, dass es da jemanden gibt, der dir zu gefallen scheint."
„Und dieser ‚man' ist George, nehme ich an?", fragte ich und spürte, wie meine Ohren schon wieder heiß wurden.
„Ich würde vorschlagen, du fragst sie einfach, oder nicht? Was ist denn dabei? Stell dich nicht so an, mein Junge! Heute nach dem Abendessen gehst du in die Bar und fragst sie", stellte sie fest und zog wieder ab.

Ich hatte zwar an diesem Tag nicht vorgehabt, in die Bar zu gehen, da ich mit der Ordnung meiner Schallplatten noch nicht ganz zufrieden war, aber da man seiner Mutter nicht widersprechen soll, tat ich, wie mir befohlen wurde.

Auf dem Weg in die Bar ließ ich mir verschiedenste Sprüche durch den Kopf gehen, wie ich ein Gespräch mit ihr beginnen konnte. Allesamt überstrapazierte Anmachsprüche, vor denen ich selbst davonlaufen würde. Nun gut, es würde sich schon was ergeben.
Ich öffnete die Tür und ging hinein. Es war noch sehr ruhig. Verdammt. Ich hatte gehofft, es würde mehr los sein, denn dann hätte ich mich bei einem etwaigen Fehlschlag in der Menge verstecken können. Macht nichts.
Ich ging weiter. Setzte mich an die Bar. Das war zu weit weg. Noch drei Hocker weiter. Das genügte.
Sie unterhielt sich gerade mit einem von Georges Kumpanen am anderen Ende der Theke.
Wie sollte ich mich geben? Cool? Desinteressiert? Lächeln? Ja, lächeln. Aber nicht zu viel. Kein „Ich-habe-eine-Puppe-von-dir-angefertigt-und-werde-dich-noch-heute-in-meinen-Keller-sperren-Lächeln".
So müsste es gehen.
Wann dreht sie sich denn endlich zu mir? Ich bekomme bald einen Wangenkrampf.
Es war soweit. Sie lächelte, zwinkerte mir zu und kam zu mir rüber.
Ihr Lächeln war atemberaubend.

„Hey, was darf's denn heute für dich sein? Ein Glas Bier?"

Ich war wie versteinert und brachte erneut nur ein „Mhm" raus. Mist! Wieder eine Chance vertan. Aber wenn sie zurückkam, dann würde ich sie fragen!

Da kommt sie!

Sie stellte das Bier vor mich und ich öffnete den Mund, als neben mir eine Stimme rief:

„Zwei Bierchen noch!"

Diese Stimme kam mir bekannt vor. Ich starrte den Jungen an und er sagte:

„Na, alles klar, Opa?"

Ha! Da fiel es mir wieder ein! Das war der Typ, der mich auf meinem Spaziergang vor der Bar angerempelt hatte! Der glaubte wohl, der Allercoolste zu sein! Mit seinen langen Haaren, seiner Lederjacke, den Bikerboots, dem Silberschmuck und den dicken Koteletten.

Ja gut, er war tatsächlich cool, aber trotzdem. Was bildete der sich ein?

„Entschuldigung …", sagte ich und wollte ihn gerade darauf hinweisen, dass er äußerst unhöflich war.

„Angenommen, Opa", unterbrach er mich mit einem frechen Grinsen im Gesicht und verschwand mit den vollen Biergläsern zu seinem Tisch, wo noch zwei andere seiner Sorte saßen.

„Das darf ja nicht wahr sein …", flüsterte ich und hoffte, dass sie das nicht mitbekommen hatte.

Und da war sie schon wieder weg.

Was waren das für Typen? Der eine trommelte die ganze Zeit mit seinen Fingern auf dem Tisch herum, während ihm der andere begeistert dabei zusah. Und der unhöfliche Kerl ignorierte beide demonstrativ. Dieses Verhalten konnte nur eines bedeuten – das war eine Band.

Der, der seine Finger nicht ruhighalten konnte, musste der Schlagzeuger sein. Der mit dem entgeisterten Gesichtsausdruck war wohl der Bassist. Der ignorante Typ konnte nur der Sänger-Schrägstrich-Gitarrist sein.

Während ich noch überlegte, was ich dem Typen beim nächsten Mal erzählen würde, wenn er wieder einen seiner Sprüche losließ, spürte ich plötzlich eine Hand auf meiner Schulter. Ich fuhr herum und sah George hinter mir stehen.

„George, hast du mich erschreckt", sagte ich und griff nach meinem Bier, um einen Beruhigungsschluck zu nehmen.

„Wie ich sehe, hast du bereits die Band entdeckt, Jonathan", sagte George und ich wusste, dass gleich einer seiner berüchtigten Monologe folgen würde. Das tat er immer, wenn er diesen komischen Tonfall in der Stimme hatte.

„Junge, ungezähmte Kraft ... Inspiration, der Hauch der Musen ... die Leidenschaft, die Lust, die Liebe ... das heiße Bühnenlicht ..."

Na bitte, da war er auch schon.

Ich ließ ihn noch ein paar Minuten vor sich hin schwadronieren und versuchte so zu tun, als ob ich nicht zu ihm gehören würde.

Dann war er plötzlich fertig und riss mich aus meinen Gedanken, die sich inzwischen schon wieder um die Kellnerin drehten.

„Da fällt mir was ein, Jonathan. Mike kann bestimmt deinen alten Verstärker reparieren! Ich geh mal rüber und frage ihn!"

„Was?!", entfuhr es mir lauter, als ich eigentlich wollte.

„Welcher von denen ist Mike?", setzte ich hinterher und hielt George am Arm zurück.

„Na, der da", antwortete er und deutete auf den Rüpel. Gut, da saßen offensichtlich drei Rüpel, aber er meinte den, der mich immer Opa nannte.

„Das ist keine gute Idee, George."

„Oh, doch! Der Junge kennt sich aus und, seien wir mal ehrlich, beim letzten Versuch, den Amp zu reparieren, hättest du beinahe das Haus abgefackelt!", sagte er und wand sich geschickt aus meinem Griff.

„Was? *Ich* habe das Haus beinahe abgefackelt? Du hast doch daran herumgefummelt, bis die Lichter ausgingen und dein Bart gequalmt hat!", entgegnete ich entrüstet. Doch er war bereits bei den Jungs.

‚Oh Gott', dachte ich, ‚Was macht er denn jetzt schon wieder? Und jetzt zeigt er auch noch auf mich. Gut, Jonathan. Einfach so tun, als würdest du sie gar nicht bemerken. Was tut man in so einem Fall? Genau. Auf sein Handy schauen. Mist! Das hab ich nicht mit. Hör auf, dich zu kratzen! Sonst glaubt die Kellnerin vielleicht noch, dass du Läuse hättest oder so. Was reden die so lange? Und warum zeigt er jetzt schon wieder auf mich? Der Sänger scheint ja besonders begeistert von mir zu

sein. Und der Drummer schaut auch nicht gerade erfreut drein. Und wo zum Geier schaut der Bassist eigentlich hin? Okay, George kommt zurück.'
„So, mein lieber Jonathan!", verkündete er mit feierlicher Stimme. „Mike wird sich deinen Verstärker und die Gitarre mal näher anschauen und alles wieder auf Vordermann bringen. Das ist ja mal was, nicht?"
„Dem Typen soll ich meine Gitarre und den Verstärker geben? Der sieht ja eher so aus, als würde er mich von hinten niederknüppeln und ausrauben! George, danke für deine Bemühungen, aber nein danke. Außerdem kann ich sowieso nicht mehr spielen, also ist es egal", versuchte ich verzweifelt, das Schlamassel abzuwenden.
„Keine Widerrede, Jonathan. Mike wird dein Equipment wieder klarmachen und dann lernst du zu spielen. Morgen kommen wir wieder her und nehmen alles mit. So, und jetzt wäre ein kühles Getränk nicht schlecht."
Er ging wieder zurück zu der Band, die mich weiterhin verschwörerisch musterte.

Ich wollte nur noch schnell mein Bier austrinken und dann abhauen. Irgendwie war das alles nichts für mich. Ich war zu feige, die Kellnerin anzusprechen, mich gegen diesen Mike zu behaupten und George nötigte mich wiedermal zu etwas, das ich gar nicht wollte. Und morgen würde ich vermutlich ausgeraubt werden. Das war genug für einen Abend.
Ich setzte gerade zum letzten Schluck an, als ich Mike von der Seite auf mich zukommen sah.

Übertrieben langsam trank ich aus, sodass er mich nicht zu schnell in ein Gespräch verwickeln konnte, als er neben mir auf die Bar klopfte und sagte:
„Charlie? Noch vier Bierchen für uns, ja?"
Ich verschluckte mich und Mike schlug mir auf den Rücken.
„Nicht ersticken, Opi!"
„Du Arsch", sagte ich.
Na gut. Erwischt. Ich sagte gar nichts.
Charlie. So hieß sie also.
„Sie heißt ja so wie das Pub!", stellte ich erstaunt fest.
„Na, du bist ja ein richtiger Detektiv, Opa", sagte Mike und verdrehte dabei die Augen.
Charlie. Was für ein schöner Name. Und meine Ohren wurden wieder heiß.
Ich ließ mich schließlich noch zu einem Bier hinreißen, das ich für meine Verhältnisse recht eloquent mit „Bitte noch eines!" bestellte, starrte Charlie noch eine Zeit lang an und machte mich schließlich auf den Heimweg. George blieb noch.
Ich ließ mir auf dem Nachhauseweg viel Zeit und dachte sehr viel nach.
Ob Charlie wohl auf diesen Mike stand? Hätte ich jemals Chancen bei so einer Frau? Und wie konnte ich es anstellen, mehr als „bitte" und „danke" zu ihr zu sagen?
Zuhause verzog ich mich gleich in mein Zimmer, legte mich aufs Bett und blätterte wieder einmal in meinem Tagebuch.

Jim Spencer.

Er tauchte immer wieder in meinen Einträgen auf. Klar, er war zu dieser Zeit ja mein bester Freund gewesen. Auch wenn er mir die Freundin gestohlen hatte.
Was wohl aus ihm geworden war? War er noch immer mit Jennifer zusammen? Unwahrscheinlich. Sein Berufswunsch war ja immer „berühmt werden" gewesen, was aber offensichtlich nicht eingetreten war, da ich seit der Schulzeit nichts mehr von ihm gehört oder gesehen hatte. Vielleicht konnte ich ihn ja ausfindig machen.
Ich legte in dieser Nacht keine Platte auf. Ich hörte meine eigene Musik. Charlie.

Eight.

Irgendwie wollte ich doch noch vermeiden, dass mein Verstärker und meine geliebte Gitarre in Mikes Hände gelangten, aber George ließ sich nicht davon abbringen. Wenn er mal von einer Idee begeistert ist, ist er wie ein Pitbull, der sich in etwas verbeißt und es so lange schüttelt, bis es sich nicht mehr bewegt.

Mike holte also mein Equipment ab und obwohl er ja Mister Obercool war, konnte er nicht verbergen, dass er mit meiner Gitarre einen ziemlichen Schatz in den Händen hatte.

„Nicht draufsabbern", dachte ich mir und fragte ihn dann, wann ich das Zeug wieder zurückbekäme.

„Eine Woche brauche ich schon bei dem Zustand, in dem das alles ist", sagte er vorwurfsvoll und runzelte die Stirn.

„Und was wird mich das kosten?", fragte ich.

„Das kann ich jetzt noch nicht sagen. Mal schauen, was tatsächlich alles hinüber ist."

Wenigstens nannte er mich nicht Opi, was meine Sympathie für ihn aber nur geringfügig steigerte.

Nachdem Mike wieder fort war, machte ich einen Spaziergang, setzte mich in ein kleines Kaffee und blätterte weiter in meinem Tagebuch.

Als ich erneut auf Jims Namen stieß, beschloss ich, dass ich seine Nummer rausfinden wollte, um ihn zu kontaktieren.

Da ich ja nun praktisch „am Land" war, gab es in dem Café sogar ein Telefonbuch, so ein richtiges, in dem man noch selbst umblättern musste, und ich fand drei Nummern, die auf den Namen James Spencer liefen.

Ich kramte mein Telefon raus und aktivierte es zum ersten Mal seit Tagen. Ich hatte wirklich nicht daran gedacht, wo ich doch früher nie ohne Telefon außer Haus gegangen war und ständig damit herumgespielt hatte. Richtig schlimm wurde es dann mit den Smartphones, wo noch dazu laufend E-Mails eintrudelten und man immer mehr zum Sklaven seines Handys wurde. In der Stadt ist es generell so, dass die Leute wie ferngesteuert auf ihre Displays starrend durch die Straßen hetzen oder möglichst wichtig und laut in ihr Headset quatschen, bis nicht mehr klar war, ob sie mit mir oder jemand anderem reden oder ob sie vielleicht sogar Selbstgespräche führen.

Wie auch immer, ich rief die erste Nummer an, aber die gab es nicht mehr.

Die zweite Nummer war auch nicht die von Jim.

Aber die dritte.

Klar, seine Stimme war erwachsener geworden, aber ich erkannte sie sofort. Der Tonfall, der leichte Sarkasmus, der bei allem mitschwang, was er sagt. Selbst ein einfaches „Hallo!" klang bei ihm so, als hätte man irgendwas im Gesicht kleben und müsste sich dafür genieren.

„Hallo Jim, hier spricht Jonathan", sagte ich.

„Wer?", tönte es vom anderen Ende der Leitung.

„Jonathan Walker. Wir sind gemeinsam zur Schule gegangen", klärte ich ihn auf.

„Johnny! Johnny! Ich glaub's ja nicht! Wie komme ich zu der Ehre?"
„Ich dachte mir, ich muss mich mal wieder bei dir melden – nach all den Jahren wollte ich wissen, was aus dir geworden ist!"
Er rückte nicht wirklich viele Informationen heraus, aber wir beschlossen, dass wir uns am Wochenende auf ein Getränk treffen würden. Ich schlug Charlie's Pub vor. Nicht ganz uneigennützig, versteht sich. Erstens, um wieder in Charlies Nähe zu sein und nicht wie ein Sonderling allein an der Bar zu sitzen und zweitens, um Verstärkung gegen Mike und seine Band zu haben. Jim war immer ein cooler Typ gewesen und er war auch nicht auf den Mund gefallen, was man von mir ja nicht gerade behaupten konnte.
„Also dann, bis nächsten Samstag! Ich freu' mich!", sagte ich. Und ich freute mich wirklich.
Die restliche Woche verging recht unauffällig. Ich flanierte mehr oder weniger durch die Tage, half meiner Mutter und George bei diesen und jenen Dingen, las ein wenig, schrieb ein wenig, träumte ein wenig mehr von Charlie und hin und wieder überkam mich ein Anflug von Stress, was ich denn nun mit meinem Leben machen sollte. Also begann ich, Jobanzeigen durchzuackern.
Zwar ekelte es mich bei der Vorstellung, wieder in einen ähnlichen Job wie den alten zurückzukehren, aber das Problem an der Sache war, dass ich ja nichts anderes konnte.
George schüttelte nur den Kopf, wenn er sah, wie ich mich durch den Anzeigenteil der Tageszeitungen quälte.

Meine Mutter kommentierte es gar nicht, aber ich wusste, dass es auch ihr nicht ganz recht war.
Nicht, dass sie wollten, dass ich von nun an arbeitslos bei ihnen hängenbleiben würde, aber ich glaube, sie befürchteten, dass ich wieder in mein altes Leben zurückfallen könnte.
Aber gut, die Suche verlief ohnehin ergebnislos, was sicher auch daran lag, dass ich gar nichts finden wollte. Aber das Gewissen war beruhigt, da ich ja „eh suchte".
Der Soundtrack dieser Woche war *Pink Floyd, The Wall, 1979*.
Natürlich das Solo zu *Another Brick in The Wall (Part 2)* immer fleißig „mit-tüdeltidüend".

Samstag. Zwanzig Uhr hatten Jim und ich vereinbart und wie immer war ich zu früh dran. Seit zwanzig vor acht ging ich bereits vor der Tür der Bar auf und ab, aber als es dann schon Viertel nach acht war, ging ich doch hinein.
Jim war wie immer zu spät dran.
Ich setzte mich an die Bar und da war sie wieder. Charlie. Noch schöner als beim letzten Mal.
Ich fasste mir ein Herz und sagte:
„Hey, Charlie. Wie geht's?"
Herzrasen.
„Hey! Danke, kann nicht klagen. Und wie geht's dir, Unbekannter?"
Stimmt ja, ich hatte mich auch noch nicht vorgestellt.
„Ah, entschuldige, mein Name ist Jonathan Walker. Aber du kannst mich gerne Johnny nennen", sagte ich, um

möglichst lässig zu erscheinen und streckte ihr die Hand entgegen. Hoffentlich war sie nicht zu schwitzig. Und da wollte ich mir gleich selbst eine reinhauen. Johnny Walker. Toll. Gut gemacht. Hast du ihr ja ganz fein aufgelegt.

„Freut mich, Jonathan", sagte sie. „Jonathan – wie die Möwe?", lächelte sie.

Ich nickte überrascht und lächelte zurück.

„Ein Bierchen wie immer?", fragte sie und ich nickte wieder.

Wie die Möwe. Die Möwe Jonathan. Nicht Johnny, der Whiskey.

Was für ein Moment. Nur durch eines getrübt: Da waren sie wieder. Mike und seine Band. Ich winkte kurz rüber, bekam ein Kopfnicken als Erwiderung. Kaum merkbar, aber immerhin. Und Mister Obercool winkte natürlich nicht.

Der Schlagzeuger nickte ebenfalls. Der Bassist schien nicht zu verstehen, was vor sich ging.

Und warum kam Mike jetzt zu mir herüber? Was wollte er denn?

Er beugte sich neben mir über die Bar, griff dahinter und schnappte sich eine Schüssel Knabbergebäck.

„Äh, willst du nicht vorher fragen?"

„Nö, warum?", antwortete er.

„Naja, weil man das so macht?", erwiderte ich.

Da unterbrach uns Charlie:

„Schon gut, Jonathan. Geht in Ordnung. Mike darf das."

Was sollte das bedeuten? Warum durfte Mike das?

Und noch während ich darüber nachdachte, was das alles zu bedeuten hatte, setzte sich ein Mann neben mich.

Ich sagte: „Entschuldigung, aber der Sitz hier ist schon reserviert."

Und er sagte: „Na klar, für mich, oder? Johnny-Boooooooy!", gefolgt von einem heftigen Schlag auf meinen Rücken.

Das konnte doch nicht etwa Jim sein!

Na gut, in meinem Alter war er wohl. Aber seine Statur? Jim war immer recht sportlich gewesen und der Kerl da hatte gut 140 Kilo! Und sein Outfit? Eine Jogginghose? In der Öffentlichkeit? Und das, obwohl Jim damals geschworen hatte, dass man ihn eines Tages aus seinen Jeans (die zugegebenermaßen wirklich cool waren) rausschneiden würde müssen? Und ein Flanellhemd darüber? Mit Karos?

Und was zum Teufel war das für eine Frisur? Den Scheitel vom linken Ohr weg über die Glatze gezogen?

Um Gottes Willen.

„Johnny! Ja, ich bin's! Jim! Sag' mal, hast dich ein bisschen gehen lassen, wie ich sehe!", lachte er laut auf und tätschelte meinen Bauch.

„Dafür siehst du ja tip-top aus …", lächelte ich gequält, zog meinen Bauch ein und kassierte für diese Meldung sogleich einen Faustschlag auf meinen Oberarm, begleitet von schallendem Gelächter.

Ja, er war es wirklich. Seine Stimme, seine ganze Art und seine Macke, jeden Witz mit einem Schlag oder einer anderen Brutalität zu unterstreichen – das konnte nur Jim sein.

Ha. Memo an mich: Punkt drei auf meiner Liste abhaken. Ich war größer als er.

Sein Getöse blieb natürlich auch von Charlie nicht unbemerkt und sie kam zu uns rüber, um seine Bestellung aufzunehmen.
„Ein großes Bier mit Schuss und immer schön drauf schauen, dass du die Luft aus dem Glas lässt. Und Salzstangen", grinste er Charlie schmierig an. „Und für Johnny, meinen alten Kumpel, auch gleich noch ein großes. Und schreib alles auf einen Deckel – er zahlt."
Ein fieser Schlag in meine Rippen.
Charlie schaute mich stirnrunzelnd an und drehte sich verstört um.
Toll, Jim. Danke.
In diesem Moment bereute ich es fast, dass ich ihn angerufen hatte, aber jetzt war es zu spät und ich versuchte, das Beste daraus zu machen.
„Na, erzähl mal, was treibst du denn so?", fragte ich ihn und nahm einen großen Schluck.
„Ich treib's immer und überall!", grunzte Jim.
Oh mein Gott. Was für ein Idiot.
Er erzählte mir schließlich, dass er sein Studium abgebrochen hatte und in den Autohandel seines Vaters eingestiegen war, nachdem ihn dieser geradezu darum angebettelt hatte. Dort wurde es ihm aber zu langweilig und er wollte professioneller Musiker werden, hatte super Chancen und Kontakte zu den ganz Großen des Business, ließ es aber sein, da ihm das Geschäft zu

dreckig war. Er wollte schließlich professioneller Pokerspieler werden und da wurde er von irgendeinem Typen gelinkt und verlor sein ganzes Geld, das er durch den Verkauf des Geschäftes seines Vaters verdient hatte, trennte sich dann von seiner Frau, weil er nichts mehr für sie empfand und ihm überhaupt alles zu öde wurde und er noch mal von vorn beginnen wollte. Aber jetzt sei er wieder auf dem aufsteigenden Ast, da er eine grandiose Geschäftsidee habe, die er mir aber nicht verraten könne – „Top secret!" – bis alles unter Dach und Fach sei.
Aha.
Ich übersetze das mal für dich von „Jim-isch" auf Deutsch:
Jim war vom Studium ausgeschlossen worden, weil er vermutlich keine Leistung gebracht hatte. Danach hatte er seinen Vater um einen Job angebettelt. Er hatte das Geschäft runtergewirtschaftet und zwar so, dass sie das Unternehmen verkaufen mussten. Danach hatte er sich bei ein paar Bar-Gigs als Musiker versucht, aber niemand wollte ihn hören (wenn du ihn mal singen hören würdest, wüsstest du warum) und gleichzeitig hatte er eine Art Spielsucht entwickelt, bei der er schließlich auch noch das restliche Geld verspielt hatte. Danach hatte ihn seine Frau verlassen.

Obwohl er sich nichts anmerken ließ, konnte ich in seinen Augen sehen, dass er einfach nur fertig war. Seine ganze laute Show konnte darüber nicht hinwegtäuschen.

Ein paar blöde Sprüche und einiges an Bier später kamen wir auf seine Ex-Frau zu sprechen.
Es war wirklich Jennifer Denver!
Unfassbar, sie waren damals wirklich zusammengeblieben!
Er schwärmte mir eine Zeit lang von ihr vor, allerdings von den frühen Jahren, bis sie sich angeblich so gehen ließ.
War ja klar, dass er mir das nochmal reindrücken musste.

Nach seiner Selbstbeweihräucherung fragte er mich schließlich auch mal, wie es mir ergangen war und hörte mir überraschend aufmerksam zu. Er nickte immer wieder und schmatzte dabei seine Salzstangen sogar relativ leise. Richtig höflich, für seine Verhältnisse.
„Und was hast du jetzt vor, Johnny?", fragte er mich.
„Ehrlich gesagt, ich weiß es nicht. Ich will nicht wieder in so ein ödes Büro, aber ich fürchte, mir wird nichts anderes übrigbleiben. Schließlich kann ich ja nicht für immer bei meiner Mutter bleiben."
„Mhm, mhm", stimmte er mir zu. „Kannst du dich noch daran erinnern, wie wir Rockstars werden wollten?"
Seine Miene hellte sich auf.
„Ja, klar", lachte ich und erinnerte mich wieder daran, dass er das immer tat. Sobald etwas zu ernst wurde, schwenkte er geschickt in ein anderes, verträumtes Thema. Nur nicht zu viel Realität.
Wir plauderten dann noch ein paar Stunden so weiter, hier und da eine alte Geschichte, Unmengen an Bier, eine kleine verbale Auseinandersetzung zwischen Jim und dem

Bassisten, die damit endete, dass wir am Tisch der Band landeten und mit ihnen weitertranken, und dass sich die beiden schließlich in den Armen lagen und irgendwas vor sich hin lallten.

Mike zeigte sich auch überraschend gesprächig und erzählte mir von seinen Plänen mit der Band. Dass sie ganz groß rauskommen wollten und eigentlich im Allgemeinen die Weltherrschaft anstrebten. Gut, so hat er es nicht gesagt, aber so ungefähr. Wie das eben jede Band tut.

Dann schwärmte er noch von meiner Gitarre und meinte, dass er sie mir Anfang der folgenden Woche wieder bringen könnte.

Danach weiß ich nur noch, dass es immer spaßiger und flüssiger wurde und ich mit Jim im Taxi nach Hause fuhr, um ihn bei mir übernachten zu lassen.

Nine.

Kopfschmerzen. Höllische Kopfschmerzen. Meine Mutter hatte schon damals Recht gehabt. Jim war kein guter Umgang für mich. Und heute war er es noch immer nicht.
Nach etwa zehn Minuten des Im-Bett-Windens und unzähligen Gottesanrufungen schaffte ich es, mich in eine aufrechte Sitzposition zu wuchten. Weitere fünf Minuten später gelang es mir, aufzustehen und mich langsam in Richtung Badezimmer zu bewegen.
Erst nach einer langen Dusche und dem verzweifelten Versuch, mich daran zu erinnern, was letzte Nacht geschehen war, entdeckte ich ein Post-it am Spiegel. Eine Nachricht von Jim. Stimmt ja, er hatte bei mir geschlafen.
„Johnny-Boy, danke für letzte Nacht! Musste schon früh raus – die Geschäfte warten! Bis bald und: Tu es! Jim"
Was war letzte Nacht gewesen? Was für Geschäfte? Und was sollte ich tun?
Zu viele Fragen in meinem Zustand. So machte ich mich an den beschwerlichen Abstieg zur Küche. Mit dem Gefühl, noch immer nicht ganz nüchtern zu sein, machte ich Kaffee und stellte fest, dass ich ganz allein zuhause war.
Wie es schon immer meine Art gewesen war, überkam mich nach einem Saufgelage das schlechte Gewissen und das Bedürfnis, schriftlich den ultimativen Plan zu verfassen, der meinen gesamten Lebenswandel ändern

würde. Wie viele Pläne und Listen ich wohl über all die Jahre schon geschrieben hatte? Viele.
Nachdem ich damit fertig war (das Übliche: nie wieder Alkohol trinken, Sport betreiben, mehr lesen, mich um mich selbst kümmern, …), nahm ich wieder mal mein altes Tagebuch zur Hand. Darin befand sich ja ebenfalls eine Liste. Und ich hakte einen Punkt ab:
„Größer als Jim werden" – checked.
Was sollte ich als nächstes in Angriff nehmen?
„Niemals spießig werden".
Oh ja, ich war spießig geworden. Ich war zu jemandem geworden, über den sich der junge Jonathan lustig gemacht hätte. Mit meinen Anzügen, meiner „sportlich-eleganten Freizeitbekleidung", meiner „geschmackvoll eingerichteten Wohnung", meinem „äußerst effizienten Ordnungssystem" für alles Mögliche, von der Unterwäscheschublade bis hin zu meinen Schallplatten. Klar, es war praktisch und angenehm. Und langweilig. Was konnte einen denn noch überraschen, wenn man Überraschungen mit einer Planung von A bis Z gar keinen Platz mehr ließ?
Nicht, dass das Spießertum an sich schlecht gewesen wäre, denn es bedeutete ja auch Sicherheit, Routine, Gewissheit. Die Frage, die ich mir stellte, war aber, ob die Sicherheiten, die Routinen und die Gewissheiten meine Sicherheiten, Routinen und Gewissheiten waren. Oder war das alles ein Bild, das von einem verlangt wurde? Ein sicherer Job, mit einer sicheren Wohnung in einer sicheren Gegend, in einer sicheren Beziehung, mit sicheren Urlauben in sicheren Ländern – mit

Reiseversicherung natürlich –, sicheres Essen, sicherheitshalber Vorsorgeuntersuchungen, ein sicherer Anlageplan für die Finanzen?

Es ist wie Malen nach Zahlen. Man tut so, als würde man selbst etwas erschaffen. In Wirklichkeit füllt man aber nur etwas aus, das einem vorgegeben wurde, um es dann als seine eigene Idee an die Wand zu hängen.

Keine Frage, es fühlt sich ja auch gut an, einen roten Faden zu haben, zu wissen, was man tun und lassen sollte. Den Weg zu kennen. Aber warum kommen dann so viele Menschen urplötzlich in tiefe Sinnkrisen, haben Burnouts, geben sich dem Alkohol oder sonstigen Betäubungen hin? Vielleicht, weil es gar nicht ihr Weg war, den sie jahrelang gegangen sind?

Und obwohl wir im Vergleich zu einem Steinzeitmenschen bestimmt in großer Sicherheit leben, sind sich so viele Menschen so unsicher. Wer weiß schon noch, wer er eigentlich ist?

Und das ständige Sichsorgenmachen. Wann habe ich begonnen, mir so viele Sorgen zu machen? Sorgen ums Geld, um den Job, um die Beziehung, um die Altersvorsorge, um die Gesundheit, ums Wetter. Man sagt „ja" zu den Dingen, die man nicht machen möchte und „nein" zu den Dingen, die man machen möchte, weil es vernünftig ist. Und im Ausgleich dafür sieht man sich Actionfilme an und liest spannende Bücher, damit wenigstens irgendwas Prickelndes im eigenen Leben passiert.

Und in diesem Gefängnis verweilt man dann bis zur Pension, in der man sich darum sorgt, was es zum

Abendessen geben wird und hofft, dass der fiese Zehennagel nicht wieder einwächst. Das riskanteste Unterfangen innerhalb einer Woche ist es, zwei ungleiche Socken anzuziehen.
Nicht mit mir. Es musste sich etwas ändern.
Und so schrieb ich unter meinen Plan in großen Buchstaben:

VON HEUTE AN LEBE ICH!

Und zum Leben gehört nun mal auch Nahrung.
Ich traute mir nun wieder zu, etwas Festes zu mir zu nehmen. Nach einem kurzen Streifzug durch die Küche und einem eingehenden Blick in den Kühlschrank entschied ich mich für die Suppe, die auf dem Herd stand. Eine Fischsuppe, soweit ich das beurteilen konnte – eine Suppe war genau das Richtige nach so einer Nacht.

Eine halbe Stunde später verfolgte mich ein Drache.

Ten.

Er hetzte mich mit einem schaurigen, grollenden Lachen über eine steinige Einöde. Der Himmel leuchtete in tiefem Violett und ich spürte starken Gegenwind.
„Lass mich in Ruhe!", schrie ich völlig außer Atem und am Ende meiner Kräfte.
Dann stolperte ich.
Ich war mir sicher, dass das Ende nah war, als sich der Schatten des Drachen über mich legte. Ich drehte mich auf den Rücken, bereit, mich meinem Schicksal zu ergeben.
Ich öffnete meine Augen und blickte in die grünen Reptilienaugen des Monstrums, das mich aus nächster Nähe anschnaubte und bedrohlich die Zähne fletschte.
Plötzlich konnte ich mein Spiegelbild in seinen Augen sehen. Bloß war es nicht ich, den ich erkannte, sondern mein Vater. Und er lächelte. Warum lächelte er? Dann zwinkerte der Drache ein Mal und das Bild meines Vaters war verschwunden.
Ich schrie: „Was willst du von mir?"
Der Drache antwortete: „Was willst du von mir?"
Es entfuhr mir wie ein Blitz:
„Harry!"
Meine Güte, Harry.

Du fragst dich jetzt wahrscheinlich, wer Harry ist. Gut, dann erzähle ich dir die Geschichte von Harry.
Harry war mein Drache, als ich ein kleines Kind war.

Erfunden hatte ich ihn selbst, aber der Anstoß, ihn überhaupt zu erfinden, kam von meinem Vater, als ich einmal sehr krank war. Ich hatte eine schwere Erkältung, die sich über Tage und Wochen hinzog und mich sehr schwächte. Während dieser Tage und Wochen las mir mein Vater immer abends, nachdem er von der Arbeit heimkam (er kam deswegen auch früher nach Hause als üblich), Kinderbücher vor. Die klassischen Märchen von Rittern, Drachen, Zwergen, Prinzessinnen, die gerettet werden mussten, Hexen, die verbrannt werden sollten, und so weiter.

Und zur Aufmunterung sagte er mir immer wieder:

„Tief in dir drinnen, mein kleiner Johnny, gibt es einen Ort, an dem alles gut ist. Dort ist all das Schöne und Gute, das es in deinem Leben gibt. Dort ist auch deine Gesundheit. Darum versuche, dorthin zu kommen. Wenn du diesen Ort findest, wirst du schon bald wieder gesund sein."

Ich fragte ihn natürlich, wie ich denn zu diesem Ort kommen sollte, zumal ich ja nicht mal wusste, wo er sich überhaupt befand.

Er sagte: „Das ist ganz einfach! Du brauchst ein Transportmittel, das dich dorthin bringt. Und dieses Transportmittel kennt den Weg. Du brauchst nur zu sagen: Ich möchte dorthin, wo alles gut ist – und schon wirst du hingebracht."

Da mein Vater ein sehr seriöser Mann war, stellte ich das nicht infrage. Warum sollte er mich anlügen?

„Meinst du, dass mich auch ein Drache dorthin bringen kann?", fragte ich ihn.

„Aber sicher! Speziell Drachen sind berühmt dafür, kleine Jungs zu diesem Ort zu bringen."

„Und wie rufe ich den Drachen?"

„Indem du ihm einen Namen gibst, Johnny."

Dann gab er mir einen Kuss auf die Stirn, zog mir die Decke bis unters Kinn hoch und lächelte mich noch einmal an, bevor er mein Zimmer verließ.

Da lag ich also und überlegte, wie ich meinen Drachen nennen konnte.

Ich wollte immer einen Hund, als ich klein war, aber ich durfte keinen haben. Aber hätte ich einen Hund haben dürfen, hätte ich ihn Harry genannt. So nannte ich eben meinen Drachen Harry.

„Harry ... kannst du mich hören?", flüsterte ich.

Und wie es nun mal so ist, wenn man ein Kind ist, braucht man keine großartigen Zeichen als Bestätigung für seine Phantasien, sondern man macht einfach alles zu einem Zeichen. Jedes noch so leise Geräusch, jeder kleinste Mucks war ein Zeichen.

Der Holzboden knarrte leise und ich wusste, Harry war da.

Es war ganz dunkel in meinem Zimmer, aber ich war mir sicher, ich konnte Harrys Schatten erkennen.

Harry war ein klassischer Drache: Reptilienartige Augen, Hörner, rasiermesserscharfe Zähne, goldene Schuppen, Klauen wie Fleischerhaken und Flügel wie eine überdimensionale Fledermaus. Und seine Stimme war so tief und grollend wie das Meer.

Ich meinte, ein brummendes „Jaaaa" zu hören.

Mein ganzer Rücken kribbelte vor Aufregung.

„Kannst du mich dorthin bringen, wo ich wieder gesund bin, Harry?", fragte ich ihn.
„Jaaa…"
Ich stellte mir vor, wie ich aus meinem Bett kroch und auf Harrys Rücken stieg.
Und dann ging es los.
Harry sprang mit mir aus dem Fenster und flog in einem Höllentempo los. So schnell, dass ich gar nicht sehen konnte, wo er mit mir hinflog, was aber egal war, denn Harry wusste bestimmt den Weg.
Und nach kurzer Zeit landeten wir auch schon wieder.
Auf einer kleinen Lichtung an einem See. Es war ein Bergsee mit kristallklarem Wasser und nahe dem Ufer stand ein dichter Wald.
Vorsichtig stieg ich von Harrys Rücken und ließ mich sanft über sein rechtes Vorderbein in das saftige grüne Gras gleiten. Die Luft war so frisch und alles war ganz ruhig und friedlich.
Nachdem ich mich ein wenig umgesehen hatte, machte ich mich auf die Suche nach den guten Dingen, von denen mein Vater erzählt hatte. Aber ich konnte nichts finden.
Nach einigen Minuten sagte ich zu Harry:
„Sag, weißt du, wo ich all das Gute finden kann?"
Harry hob seinen riesigen Kopf und antwortete mit tiefer Stimme: „Ganz einfach, Kleiner, du musst es hierher bringen."
„Hierher bringen? Von wo?"
„Aus deinem Kopf, Kleiner. Hier ist alles, was in dir drin ist. Du musst es dir vorstellen!"

Das leuchtete mir ein. Einem Kind leuchtet sowas sofort ein.

Ich dachte an etwas, das ich mir schon immer gewünscht hatte: Ein Fahrrad. Aber nicht irgendein Fahrrad, sondern eines, das wie ein Motorrad aussah.

Und im Handumdrehen stand es da – genauso wie ich es mir vorgestellt hatte.

„Das ist aber cool, Harry!", rief ich aufgeregt.

Harry nickte zustimmend und wandte sich dann wieder seinen Drachenangelegenheiten zu.

Komischerweise war ich hier gar nicht krank und ich hätte es auch schon beinahe vergessen, aber darum war ich schließlich hier. Deswegen stellte ich mir mich selbst vor, wie ich vollkommen gesund herumlief und mit meinem Fahrrad, natürlich unter lauten Brumm-Brumm-Geräuschen, meine Runden drehte.

Ich stellte mir noch einige andere Sachen vor. Einen eigenen Plattenspieler, eine Bananensplit-Eisbombe und noch viel cooles Zeugs, was einem kleinen Jungen eben so einfällt.

Irgendwann wurde ich müde, legte mich ins Gras, nur um kurz meine Augen zu schließen, und dann wachte ich in meinem Bett zuhause auf.

Meine Mutter saß auf der Bettkante und tupfte mir mit einem feuchten Lappen die Stirn. Ihr besorgter Gesichtsausdruck überraschte mich.

„Mom? Wo ist Harry?", fragte ich sie.

Sie überhörte meine Frage und küsste mich quer über mein Gesicht und wiederholte wie in einem mantrischen

Sing-Sang immer wieder: „Mein lieber Kleiner, wie froh bin ich, wie froh ..."
Es stellte sich heraus, dass ich in dieser Nacht einen massiven Fieberschub gehabt hatte und wie von Sinnen phantasiert hatte. Sogar der Arzt war da gewesen, weil es für kurze Zeit gar nicht gut aussah für mich.
Aber nun war ich wieder da. Und ich fühlte mich tatsächlich nicht schlecht. Im Gegenteil. Im Vergleich zu den letzten Tagen ging es mit richtig gut und ich war mir sicher, dass das an Harry und unserem geheimen Ort lag.
Ich rief Harry von da an immer wieder zu mir und besuchte noch viele Male den See und erschuf dort schöne Dinge. Und aus irgendeinem Grund wirkte sich beinahe jeder Besuch auch auf die Realität aus. Es funktionierte.
Doch irgendwann, wie es nun mal im Leben passiert, hörte ich damit auf. Ich kann heute gar nicht mehr sagen, warum.

Harry fragte mich also, was ich von ihm wollte.
„Ich will gar nichts! Ich weiß ja nicht mal, wie ich hierher gekommen bin! Was ist los?", überschlugen sich meine Gedanken.
„Und warum sieht hier alles so trostlos aus? Was ist mit dem See und dem Wald passiert?", fragte ich den Drachen.
„Tja, Jonathan, was ist hier wohl passiert? Du bist weggegangen – das ist passiert!", antwortete Harry.
Er schien beleidigt zu sein.

„Und hier sieht es nicht anders aus, als du es wolltest. Du hast das alles hergebracht."

„Ich?", entrüstete ich mich. „Ich war ja nicht mal hier, wie du selbst festgestellt hast!"

Irgendwie war mir schon vollkommen bewusst, dass ich hier eine Diskussion mit einem erfundenen Drachen führte, aber wenn ich schon mal hier war – warum nicht?

„Du bist immer hier, Kleiner. Ob du willst oder nicht. Erinnere dich doch: Tief in dir drinnen ist ein Ort … und mit allem, was du tust und denkst, veränderst du diesen Ort hier. Und, voilà, so sieht's nun mal derzeit in dir aus", unterstrich er seine Antwort mit einer Hand- oder besser gesagt Klauenbewegung, die meinen Blick über diese grässliche Einöde schweifen ließ.

„Aber das wollte ich doch nicht", stammelte ich erschrocken über mich selbst.

„Egal ob du willst oder nicht, es ist, wie ich schon sagte. Du kannst ja nicht allen Ernstes glauben, dass du dich über Jahrzehnte verleugnen, dich selbst fesseln und knebeln, dir dein Leben verbieten kannst, und dann sieht es in dir so aus wie damals, als du noch an dich geglaubt hast? Nein, nein, Kleiner. So läuft das nicht."

Er schüttelte seinen riesigen Schädel.

Es war tatsächlich schrecklich hier. Alles war verwelkt, die Luft stickig, der Himmel voller dunkelgrauer Wolken, kein Vogelgezwitscher war zu hören, kein Wald, keine Wiese, kein See zu sehen, und dann schwebte auch noch der Kaschmir-Pullover von *ihr* vom letzten Weihnachten an mir vorbei.

87

Aber das Bedrückendste war, dass ich mir ausmalen konnte, wie es für Harry hier gewesen sein musste – langweilig.

Und das tat mir wirklich sehr leid. Mag sein, dass Harry nur erfunden war, aber an so einem Ort lässt man seinen Drachen nicht zurück.

Ich entschuldigte mich ungefähr hundert Mal, aber Harry schien das nicht wirklich zu berühren.

Und so nahm ich das letzte bisschen Vorstellungskraft, das ich noch hatte und „Plopp" – ein kleines Gänseblümchen durchbrach die Steinschicht und wackelte mit dem Kopf.

Harry zog eine Augenbraue hoch – ja, er hatte auch Augenbrauen – und sagte: „Nicht schlecht, Kleiner. Und jetzt hör auf, dich bei mir zu entschuldigen. Entschuldige dich lieber bei dir selbst und hoffe, dass du gnädig zu dir bist!"

Er sah mich grimmig an.

„Und wenn du mich nochmal so lang allein lässt, fackle ich hier alles ab, verstanden?" – Ja, er konnte auch Feuer speien.

Und dann wachte ich im Krankenhaus auf.

Es ging mir gar nicht gut und ich hatte das Gefühl, ein riesiges Loch in meinem Magen zu haben. Eine Infusion hing an mir, wobei ich mir nicht sicher war, ob mir die Nadel etwas abzapfte oder hineinpumpte. Und der Geschmack in meinem Mund!

Und wer saß neben mir und tupfte meine Stirn? Meine Mutter mit ihrem Sing-Sang.

Wie sich herausstellte, litt ich an einer ziemlich üblen Fischvergiftung, die mich vollkommen aus dem Leben geschossen hatte. Als mich meine Mutter und George im Wohnzimmer fanden, war ihnen sofort klar, dass irgendwas nicht stimmte. Der Umstand, dass ich das komplette Sofa vollgereiert hatte, verstärkte den Verdacht noch.

Es dürfte noch einige vulkanartige Ausbrüche aus diversen Körperöffnungen gegeben haben, von denen ich aber nichts mitbekommen hatte, da ich zu dem Zeitpunkt bereits im Delirium war, bis sie schließlich den Krankenwagen gerufen und mich ins Krankenhaus einliefern hatten lassen.

Das war zwei Tage her und nun lag ich hier.

Tagsüber hat man in einem Krankenhaus meistens was zu tun, besser gesagt, die anderen haben etwas mit einem zu tun, aber die Nächte können sehr lang werden. Und obwohl ich irrsinnig müde war, konnte ich nicht schlafen. Und ich war traurig. Sah es wirklich so aus in mir? Ja sicher, es war wahrscheinlich nur ein Fiebertraum, aber sei's drum. Irgendwas Wahres war schon dran. Was bringt man denn im Erwachsenenalter noch großartig Schönes in sich hinein? Man füttert sich nur mit der Realität und das kann auf Dauer auch nicht gesund sein. Ich sage ja nicht, dass man in eine Scheinwelt fliehen soll, um dann den Rest seiner Tage in der Klapse vor sich hinzuträumen, aber funktionierte nicht auch ein Mittelding? Alles was real ist und gemacht werden muss, macht man sowieso. Man sucht sich einen Job, zahlt seine

Rechnungen und das alles. Aber was ist dazwischen? Was gibt es sonst noch? Was macht das alles lebenswert? Welche Geschichten hat man zu erzählen, wenn man alt und runzelig ist? Was erzählt man dann seinen Enkeln? Geschichten aus dem Büro vom garstigen Kopierer… oder Geschichten von seinem Drachen?

Der Erwachsene in mir versuchte mich zur Vernunft zu bringen und wiederholte immer wieder:

„Was soll das, Jonathan? Wie alt bist du denn? Willst du mir jetzt ernsthaft erklären, dass du auf einen Drachen aus einem Fiebertraum hören möchtest? Mach dich nicht lächerlich!", worauf das Kind in mir antwortete: „Sei still, oder ich laser' dich mit meiner Laserkanone um!"

Schließlich gab ich dem Kind in mir recht und erlaubte ihm, den Vernunft-Jonathan umzulasern – hey, einen Versuch war's wert, denn wo hatte mich dieser Typ denn hingebracht? An einen Punkt, an den ich niemals hatte gelangen wollen. Hierher, wo alles einfach langweilig war. In der Realität genauso wie in meiner Phantasie.

Zwei Tage später konnte ich auf wackeligen Beinen das Krankenhaus verlassen. Als ich nach Hause kam, legte ich als erstes eine Platte auf:

Survivor, Eye oft the Tiger, 1982. Und zwar laut.

Ta

TaTaTa

TaTaTa

TaTaTaaaaaaa

Eleven.

Und dann kam es, wie es immer kommt, wenn man voller Tatendrang, voller Listen, Pläne und Strategien ist: Man tut nichts.
Man beginnt Dinge, die man noch am selben Tag wieder vergisst. Man beschließt, verwirft, ist deprimiert und hat das Gefühl, noch verlorener zu sein, als man es vor all seinen Vorhaben war.
Aber was waren meine Vorhaben überhaupt?
„Ich muss was ändern! So kann es nicht weitergehen!"
Ja gut, aber was ändert man? Was kann so nicht weitergehen?

Und was soll ich sagen? So vergingen Wochen! Mike brachte mir meine Gitarre und den Verstärker irgendwann mal vorbei und ich tat recht unbeeindruckt von seiner Arbeit, in Wirklichkeit aber war ich total begeistert.
In den folgenden Wochen probierte ich mal ein bisschen an der Gitarre herum, aber wie schon früher wollte nichts so recht klingen, wie ich es in meinem Kopf hatte.
Ich half meiner Mutter im Haushalt, was ihr aber, wie ich mir sicher bin, im Endeffekt noch mehr Arbeit bescherte, und führte lange Gespräche mit George.
Er meinte immer wieder, dass die Lösung für mein Dilemma sicher direkt vor meiner Nase lag, aber ich glaubte ihm nicht so recht. Wie war das noch schnell mit dem Baum im Wald?

Zwei Mal fuhr ich auch in meine alte Wohnung, die mittlerweile wie ein Mausoleum der Erinnerungen wirkte, und ich fragte mich zunehmend, warum ich dieses Loch noch behielt. Zugegeben, ein recht luxuriöses, 120 m² Loch, mit Dachterrasse und einem Pool zur Gemeinschaftsnutzung darauf, aber Loch blieb Loch.
Die Wohnung war mir irgendwie fremd geworden, aber mir war klar, dass ich ja nicht ewig bei meiner Mutter wohnen konnte und so entschied ich mich dafür, sie zu behalten.

Charlie besuchte ich auch mindestens zwei Mal pro Woche und sie wurde von Mal zu Mal schöner, freundlicher, strahlender. Und ich konnte sogar schon halbwegs normal mit ihr reden, ohne heiße Ohren zu bekommen. Sehr warm. Aber nicht heiß.
Dennoch, irgendwie traute ich mich nie, sie mal auf ein Getränk einzuladen oder gar mal zu einem Essen.
Mike und seine Truppe spielten einmal einen spontanen Gig in Charlie's Pub und ich muss gestehen, dass sie überraschend gut waren. Natürlich hielt ich mich als selbsternannter Connaisseur im hintersten Winkel des Lokals auf, lehnte in einer Mischung aus Wissen und unbeholfener Lässigkeit an einem der Stehtische und fühlte mich wie ein Manager auf Talentsuche.
George tanzte mit einigen seiner Kumpels und meiner Mutter in der ersten Reihe.
Ich lernte an diesem Abend auch Mikes Freundin Sara kennen, ein wirklich entzückendes Mädchen. Mike ließ in

ihrer Gegenwart auch sein sonst immer präsentes obercooles Pokerface fallen.

Das sieht man vielleicht ein oder zwei Mal in seinem Leben. Zwei Menschen, bei denen man einfach weiß, dass sie füreinander geschaffen sind und bis an ihr Lebensende zusammenbleiben werden – wenn nicht sogar darüber hinaus. Und man träumt davon, wie es wäre, wenn es einem selbst auch so ergehen würde.

Ja, ich war etwas sentimental zu dieser Zeit.

Jobmäßig machte ich mir Sorgen. Was sollte denn aus mir werden? Zurück konnte ich nicht mehr und vorwärts ging es nicht. Immer wieder schaute ich unmotiviert Inserate durch, ringelte das eine oder andere ein und warf die Zeitung danach weg.

Und dann kam der Tag. Der eine Tag, der alles verändern sollte.

Auftritt George: „Jonathan, Junge, so kann es nicht weitergehen! Du musst raus hier!"

Wie bitte? Wollte George mich rauswerfen? Das Verständnis in Person?

„Wer redet denn von rauswerfen?" schüttelte er fassungslos den Kopf.

„Von mir aus kannst du für immer hier bleiben, aber darum geht's ja gar nicht. Seit Monaten quälst du dich mit der Frage, was du tun sollst und gehst dabei immer von deiner Vergangenheit aus. Aber das willst du ja nicht! Also wie wär's, wenn du mal an deine Zukunft denkst?"

„Ja, aber …"

„Ja, aber", fiel er mir ins Wort „Aber was kann ich denn schon?" äffte er mich nach. Nicht beleidigend, sondern sehr genau beobachtet.
„Hast du schon mal daran gedacht, etwas zu tun, was du noch nicht getan hast? Man kann ja auch was Neues lernen, oder?"
Sein bestimmender Ton überrumpelte mich.
„Und bevor es gleich wieder losgeht mit den ganzen „Abers" und „Wenns" und deiner widerspenstigen Art dir selbst gegenüber, sag ich dir, was du tun wirst. Sag ja!"
„Worauf soll ich ja sagen?" fragte ich ihn, immer noch perplex.
„Darum geht's ja, Jonathan! Sag vorher ja! Dann gibt's kein Zurück mehr! Keine Widerrede!"
„Also gut ... ja ..."
„Hervorragend!" schrie George, „Dann fängst du gleich heute an!"
Er lief aus dem Zimmer.
„Und was genau fange ich heute an?" rief ich ihm nach.
„Oh, in der Bar, Junge! Du wirst Barkeeper bei Charlie! Ist schon alles mit ihr besprochen!"

Pure Fassungslosigkeit.

Ich als Barkeeper. Ich, der schon froh sein musste, beim Kaffee-Eingießen nicht die Hälfte an der Tasse vorbeizuschütten? Ich, der beim Bier-Einschenken das Glas etwa einen Fingerbreit mit Bier und den Rest mit Schaum anfüllte? Ich?

George blockte jede weitere Diskussion ab. Ich hatte ja gesagt und damit war es beschlossen, meinte er fies grinsend.

Nachdem ich einige Horrorszenarien, was alles schieflaufen konnte, in meinem Kopf durchgespielt hatte, entschied ich mich, mit Charlie darüber zu reden, dass das ein Missverständnis war und dann würde sich schon alles in Wohlgefallen auflösen. Dachte ich.

Am Abend war es dann soweit. George begleitete mich bis zur Bar, um sicherzugehen, dass ich nicht abhaute und schubste mich laut lachend durch die Tür.

Niemand da. Gut. Dann kann ich ihr ja eine Notiz hinterlassen. Ich lehnte mich über die Bar, um mir einen Stift und einen Zettel zu krallen, setzte mich hastig auf einen Hocker und begann zu schreiben.

„Liebe Charlie", schrieb ich gerade, als mich eine Hand an der Schulter berührte.

„Schön dich zu sehen, Jonathan", lächelte sie mich an. „Als mir George davon erzählte, dass du mir so gerne hier in der Bar helfen möchtest, konnte ich ihm nicht so recht glauben."

„Tja, was soll ich sagen …" Heißere Ohren als jemals zuvor.

„Deine Hilfe kommt mir sehr gelegen", sagte sie.

Zu allererst half ich ihr, die Bierfässer und sonstigen Getränke in den Laden zu tragen. Auf männliche Art natürlich. Das heißt, beim Heben nicht in die Knie gehen. Welcher Mann möchte schon bei der Demonstration seiner unbändigen Kraft wie ein Hund bei der

Verrichtung seines großen Geschäfts aussehen? Mir war klar, dass ich das am nächsten Tag büßen würde, aber das war es wert.

In einer kurzen Pause fragte sie mich: „Und es macht dir auch wirklich nichts aus, dass ich dir derzeit nichts bezahlen kann? George meinte, das wäre für dich in Ordnung."

„Ja, klar!" sagte ich großzügig. Ich hatte wirklich nicht an Bezahlung gedacht.

Und so geschah es, dass ich plötzlich in Charlies Bar arbeitete.

Als ich in dieser Nacht spät nach Hause kam, legte ich George noch einen Zettel auf den Küchentisch.

„Danke".

Ich wurde der Musik-Beauftragte, war zuständig fürs Nachfüllen der Erdnüsse und Klosteine, das Tragen schwerer Dinge, das Abwischen der Bar, das Ausräumen des Geschirrspülers und Gott sei Dank musste ich nie ausschenken. Es war herrlich! Noch nie hatte ich irgendeine Arbeit als so befriedigend empfunden. Und das alles an der Seite meines Schwarms. Ich fühlte mich wieder wie 17 – nur ohne Pickel.

Ich erfuhr einiges aus Charlies Leben, das sie mir an den ruhigen Abenden erzählte.

Dass sie die Bar von ihrem Vater übernommen hatte, der vor ein paar Jahren gestorben war; dass sie ihre Mutter nie kennengelernt hatte und dass es schwer war für eine Frau, eine Bar zu führen. Ich erfuhr, dass sie schon mal verheiratet war, es aber nicht funktioniert hatte und dass sie seitdem ganz gut alleine zurechtkam.

Hieß das, dass sie allein besser dran war oder dass es allein eh ging, sie aber doch wieder gern einen Partner hätte? Dem musste ich nachgehen.

Und mir fiel auf, dass von der anderen Seite der Bar aus bei Weitem nicht so viel los war, wie es aus der Gastperspektive den Eindruck machte. Ich merkte, dass Charlie Geldsorgen hatte und dass sich Rechnungen stapelten und dass sie ihre schöne Stirn immer wieder in Falten warf, wenn sie die Post durchsah.

Also beschloss ich, mir ein Herz zu fassen, um sie aufzumuntern, und lud sie zum Essen ein.

„Charlie, ich habe diese Woche so gut verdient, dass ich dich gerne zum Essen einladen würde", zwinkerte ich ihr zu. ICH! Ich zwinkerte! Stell dir das mal vor!

Sie lachte und nickte. Wir verabredeten uns für den nächsten Sonntag und den Rest der Schicht verbrachte ich damit, vor mich hinzusummen und freudig den Boden zu wischen.

Und in dieser schlaflosen Nacht wurde mir bewusst, dass ich ein großes Geschenk erhalten hatte: Ich sorgte mich nicht mehr um meine Zukunft oder um mich. Ich sorgte mich um Charlie und wollte sie zum Lachen bringen. Ich wollte, dass sie glücklich war. Das war jetzt das Wichtigste.

Und das ist auch so eine Sache, die man nur ein oder zwei Mal im Leben findet.

Twelve.

Das war also meine neue Mission: Charlie glücklich machen.
Nicht so ein Glücklichmachen, bei dem man sich selbst aufgibt, um einem anderen jeden Wunsch zu erfüllen und um zu gefallen. Sondern ein Glücklichmachen, von dem man weiß, dass es genau das Richtige ist. Dass es Sinn macht, weil man sich selbst damit glücklich macht. Ein Glücklichmachen, bei dem einem egal ist, was morgen sein wird und bei dem man auch nicht darauf aus ist, dass man im Gegenzug etwas dafür bekommt.
Und was hätte Jonathan in der Schulzeit getan? Genau. Einen Song hätte er geschrieben.
Wie schon früher, als ich Songs schrieb, hatte ich ganz genau im Kopf, wie es klingen sollte. Bloß wollte es nicht so richtig aus meinem Kopf, in meine Finger und in das Instrument fließen. Geschweige denn, dass es gesanglich in irgendeiner Art Sinn gemacht hätte, was ich da tat. Das Ergebnis kannst du dir so vorstellen: Kennst du Leute, die, wenn sie Kopfhörer aufhaben, zu einem Lied singen? Toll, oder?
Dennoch, ich hatte es mir vorgenommen. Zu allererst, wie es Profis nun mal machen, musste ich die optimale Tonlage für mich finden. Irgendwo zwischen tibetanischem Kehlkopfgesang und „die Katze hat zu enge Hosen an" fand ich sie dann auch.
Den ersten Teil des Songs hatte ich ja schon aus meinem Tagebuch.

When I see no hope, no happiness
When I'm feelin' lost and confused
When it seems like the world ain't turning right
All I need is a look at you

Das war ja schon mal was – ich würde also das Werk von damals vollenden.
Wie könnte es weitergehen … mal sehen.
Gegensätze! Ja, Gegensätze! Das ist gut.

When the sky is grey and rain falls down
When I'm standing on shakey ground
When the night has come and I'm alone
All I need is a thought of you

Oh ja! Das war gut! Ich hatte sogar nur eineinhalb Stunden dafür gebraucht!
Ok, also dann wollen wir mal sehen, welche Akkorde sich da gut machen. Tja, das Umgreifen. Angenommen ich spielte den Song in Tempo 4 bpm, dann ging es sich aus. Also musste ein anderer Akkordtyp her: der gute alte Powerchord. Drei Finger gegen den Rest der Welt. Und der   Rhythmus?
DumDumDumDumDumDumDumDum.
Ja, das war gut!
Natürlich kann ich dir jetzt nicht beschreiben, wie es geklungen hat, aber ich war zufrieden mit dem ersten Versuch. Und es fühlte sich gut an! Ich fühlte mich gut!

Euphorisch setzte ich mich mit einer Tasse Tee daran, den Refrain zu komponieren, aber der wollte an dem Tag einfach nicht kommen. Also ließ ich es gut sein und schlief mit meinem eigenen Song im Ohr ein. Zumindest wusste ich schon, wie er heißen würde: You lift me up.

Sonntag.
Tja! Ihr Frauen glaubt immer, Probleme mit dem Styling für ein Date zu haben! Ich schlief lange, um für die Verabredung mit Charlie einen möglichst gesunden Teint zu haben, aß über den Tag verteilt kleine Portionen, um abends nicht ausgehungert zu sein und gierig das Essen in mich hineinzuschaufeln, rasierte mich schon am Vormittag, um keine geröteten Stellen im Gesicht zu haben, legte sicherheitshalber mehrere Schichten Deo auf, feilte an der Fingernagellänge (man möchte weder einen Wolverine-mäßigen noch einen Nägelknabberer-Eindruck hinterlassen) stutzte das Nasenhaar und starrte in meinen Kleiderkasten.
Was die wenigsten wissen ist, dass es für uns Männer auch nicht gerade einfach ist, sich für ein Date herauszuputzen!
Auch wenn alles, was wir tragen in der Regel sehr monochrom wirkt, ist es tatsächlich so, dass es für uns verschiedene Abstufungen von Grau gibt, dass Schwarz nicht gleich Schwarz ist und dass Blau eine an sich recht komplizierte Farbe ist. Und immer wieder macht man den Fehler, seine Mutter danach zu fragen, was nun das coolste Outfit war. Was man dabei nämlich vergisst ist, dass man für eine Mutter immer maximal sechs Jahre alt

ist und dass das oberste Ziel für sie ist, ihren süßen kleinen Jungen „ganz entzückend" anzuziehen. Und dass das verwegenste Accessoire in diesem Zusammenhang ein über die Schultern geschlungener Pullover ist.

George wollte mir noch seine Sandalen einreden, aber ich konnte dann schließlich doch noch in meinen normalen Halbschuhen und in einem Outfit, das mir meiner Meinung nach gut gelungen war, aus dem Haus fliehen.

Auf dem Weg zur Bar, von wo ich Charlie abholen sollte, erinnerte ich mich daran, nicht zu schnell zu gehen, um nicht zu schwitzen, und machte mehrmals den Pfefferminz-Bonbon-in-meiner-Tasche-Kontroll-Griff.

Alles da.

Ich war bereit.

Die Zeit schien stillzustehen, als ich sie da unter der Laterne vor der Bar in ihrem wunderschönen, roten Kleid stehen sah. Noch bevor sie mich bemerkte, blieb ich einen Augenblick lang stehen.

Dieser Moment gehörte nur mir und er wird auch immer nur mir gehören.

Pfefferminz ab in die Futterluke und los ging's.

„Hi Charlie!"

Der nächste Schritt war entscheidend für alle Beteiligten. Die Begrüßung. Schüttelt man einander nur die Hand, kann das für den Rest des Abends zu einer unangenehmen Distanz führen. Umarmt man sich, kann das zu intim sein. Küsst man sich auf die Wange, gilt es in der Regel als gesellschaftlich akzeptabel – außerdem hatte ich die extrafrischen Bonbons – also gab es Küsschen links, Küsschen rechts.

Wie sie duftete.

„Hi Jonathan! Schön dich zu sehen!" sagte sie und berührte mich noch einmal an meiner Schulter. Ich bildete mir ein, mal gelesen zu haben, dass das ein gutes Zeichen war.

Ihr Lächeln.

Gentleman, wie ich bin, ließ ich sie bei mir einhängen und wir spazierten durch den Abend zu dem Restaurant, in dem ich für uns beide einen Tisch reserviert hatte.

Ein romantisches, aber nicht zu romantisches Bistroähnliches Lokal mit kleinen runden Tischen, nicht zu klein, damit man sich nicht zu nahe gegenüber saß, gedämpftes Licht, aber nicht zu gedämpftes Licht, ein Lokal mit gehobenen, aber nicht zu gehobenen Preisen.

Also alles in allem sehr schön, aber eben nicht zu. Denn zu viel zu kann beim ersten Date zu viel sein.

Wir nahmen also an unserem kleinen Tisch Platz und der junge Kellner, der ungefähr so nervös aussah, wie ich mich fühlte, brachte uns die Speisekarte. Das Lokal war sehr gut besucht und es waren viele Pärchen da, weswegen man leicht in die Atmosphäre der Zweisamkeit eintauchen konnte und sich nicht irgendwie zu exponiert vorkam.

Wir plauderten über dieses und jenes. Über meine Mutter, George, ein bisschen über die Bar, über das Wetter (zu jedem ordentlichen Gespräch gehören ein paar Worte über das Wetter) und dann sagte ich zu Charlie:

„Eine Überraschung habe ich heute auch noch für dich", und ich grinste dabei. Aber nicht zu sehr.

„Na da bin ich aber gespannt", antwortete sie, während der junge Kellner uns zwei Gläser Champagner brachte und mit hochrotem Kopf „mit Empfehlung des Hauses" murmelte.

Wir stießen miteinander an und tranken recht rasch den Champagner. Ja, man konnte merken, dass wir beide ein bisschen entspannter werden wollten.

Dann sagte ich: „Also gut – nun zu meiner Überraschung", als Charlie plötzlich das Glas von ihren Lippen absetzte, ihre Augen weit aufriss und etwas in ihre Hand spuckte. Sie blickte in ihre Hand und sah … einen Verlobungsring.

„Jonathan! Was soll? Was? Ich meine – wir? Wir kennen uns doch noch gar nicht richtig! Das geht mir alles zu schnell! Ich?"

Ich würde dir ja jetzt gerne sagen, dass das wirklich meine Idee war und ich, Draufgänger wie ich bin, Charlie bei unserem ersten Date einen Antrag gemacht habe.

Aber leider nein. Der Kellner war schuld.

Eigentlich hatte der Kerl am Nachbartisch die Idee, seiner Freundin einen Antrag zu machen, was der junge Kellner aber nicht auf die Reihe kriegte und uns die Champagnergläser servierte. Zurück zur Geschichte.

Explosionsartiges Lachen! Lauthals, bis zur Heiserkeit. Ein ansteckendes Lachen, bei dem einem die Bauchmuskeln so richtig schön wehtun, die Tränen übers Gesicht laufen und man nicht weiß, wie man es stoppen kann. Selbst Charlie musste mitlachen, obwohl ihr überhaupt nicht nach Lachen zumute war, und dann klärte sich die Sache ganz von selbst, als ihr der arme Typ

vom Nebentisch verlegen den Ring aus der Hand nahm und seiner Freundin, die sich inzwischen ebenfalls vor Lachen kaum mehr auf dem Stuhl halten konnte, einen Antrag machte.
Eines sage ich dir, du kannst ruhig planen, dass nicht alles zu wird. Du kannst ruhig versuchen, alles unter Kontrolle zu haben, aber das Leben steht nun mal auf zu. Genieße es.

Nachdem sich die Lage wieder etwas beruhigt hatte, wir noch ein zweites Glas Champagner getrunken hatten und die Vorspeise serviert war, fragte mich Charlie, was denn nun meine Überraschung sei. Ich antwortete:
„Ach ja, die Überraschung! Und zwar habe ich da so eine To-Do-Liste, schon seit Kindertagen, und ich habe mir vorgenommen, nach und nach eine Sache nach der anderen abzuhaken. Ein Punkt lautet ‚Eine Chopper kaufen'. Ich habe mich da schlau gemacht und erfahren, dass eine Chopper gar nicht so angenehm zu fahren ist, außer man steht drauf, seine Arme nach zwei oder drei Kilometern nicht mehr zu spüren, aber ich werde mir nächste Woche ein Motorrad kaufen und wollte dich fragen, ob du bei meiner ersten Tour meine Begleitung sein möchtest."
Charlie zog erstaunt die Augenbrauen hoch und meinte:
„Gratuliere! Das hätte ich jetzt nicht gedacht. Und wo soll die Tour hingehen?"
„Ach, das weiß ich noch gar nicht so genau. Wohin es uns verschlägt, würde ich sagen!"
Ich kam mir extrem cool vor. So wagemutig.

„Denkst du, dass du dir ein, zwei Tage dafür frei nehmen könntest?" fragte ich sie.
„Ja, das denke ich schon, Jonathan. Ich muss dir nämlich auch eine Überraschung mitteilen, wenn auch keine ganz so positive. Ich werde die Bar schließen müssen und dadurch werde ich in nächster Zeit sogar sehr viel Freizeit haben."
Stille.
Mir war schon klar, dass das Geschäft besser laufen hätte können und dass Charlie finanziell immer wieder ins Wanken kam, aber dass die Lage so ernst war, hatte ich nicht erwartet.
Sie versuchte die Situation positiv zu sehen und meinte, dass sie nun die Gelegenheit hätte, etwas anderes zu machen, ihren Interessen und Hobbies nachzugehen und vielleicht würde sie ja in der Stadt einen Job finden. So weit war das nun auch nicht weg und die Zuganbindungen wären ja auch ganz gut.
Der Zug.
Die Vorstellung, meine kleine Charlie in diesem Zug zwischen all diesen Zombies verschwinden zu sehen, raubte mir beinahe den Atem. Ein schrecklicher Gedanke.
Die Bank säße ihr im Nacken und sie müsse wohl das ganze Haus verkaufen, in der sich die Bar befand, um zumindest wieder auf Null zu kommen, aber wie es eben so sei, Dinge änderten sich nun mal, sagte sie.
„Aber das würde ja bedeuten, dass du auch deine Wohnung über der Bar aufgibst!" stellte ich mit nicht überhörbarer Panik in der Stimme fest.

„Ja, leider. Aber es gibt auch andere Wohnungen und vielleicht finde ich ja in der City eine kleine, falls ich dort einen Job finde. Aber bis zum Verkauf kann ich ohnehin noch über der Bar wohnen. Danach wird man sehen ..."
Damit war es aus bei mir. Während des restlichen Dates konnte ich nur noch daran denken, dass es einfach nicht fair war, dass Charlie nun wieder aus meinem Leben gerissen werden sollte, gerade als wir begannen, uns etwas näherzukommen.
Ich begleitete sie noch nach Hause und sie gab mir einen Kuss auf die Wange, wir verabschiedeten uns und ich streifte noch eine Zeit lang ziellos durch die Gegend.
Moment mal! Sie hatte mich auf die Wange geküsst! Erst jetzt fiel mir auf, dass sie mich geküsst hatte! Und ich, in meine Gedanken versunken? Was tat ich? Ich küsste sie auch. Aber nicht auf die Wange.
Meine Ohren wurden natürlich wieder heiß und ich fühlte mich, als würde ich jeden Moment vom Boden abheben! Hätte ich tanzen können, hätte ich vor Freude getanzt. Und das Beste daran war, dass sie sich gar nicht dagegen gewehrt hatte!
Schnell lief ich nach Hause, in mein Zimmer, zog die Vorhänge zu und wusste, was ich nun zu tun hatte: Ich berief eine Krisensitzung ein. Mit Harry.
Danach war alles klar.

Thirteen.

Die Wochen vergingen, ich half Charlie bei dem Papierkram für den Verkauf des Hauses und dabei, eine Abschiedsfeier zu organisieren; half George dabei, eine Protestaktion gegen die Schließung der Bar auf die Beine zu stellen, bei der er sich mit seinen Kumpels an der Jukebox festketten wollte, es aber im entscheidenden Moment an der fehlenden Kette scheiterte und komponierte still und heimlich weiter an meinem Song.
Der zweite Vers war nun auch schon fertig.

When life puts too much load on me
When I feel to get down on my knees
When I fear to stumble and fall
All I need is a word from you

When gloom lays heavy on my mind
When I see nothing else to find
When I feel that I ain't got the strength to carry on
All I need is a smile from you

Gar nicht mal übel, oder?
Die Stimmung in der Bar schwankte immer zwischen Trauer darüber, dass etwas Altes, Gewohntes zu Ende ging, und dem neuen, frischen Wind der Veränderung, der einen überallhin treiben konnte.

Charlie wollte sich nichts anmerken lassen, doch ich konnte sehen, dass es ihr schwer ans Gemüt ging, dass sie das Haus und ihr Erbe bald los sein würde.

Unsere Beziehung allerdings – ja, man konnte meiner Meinung nach schon von einer Beziehung sprechen, auch wenn es nie über ab-und-an-ein-Küsschen hinausging – entwickelte sich wunderbar. Wir wurden immer vertrauter miteinander und mit der Zeit wurden wir beste Freunde. Wir erzählten uns Dinge, die wir sonst niemandem sagten, verbrachten viel Zeit miteinander, manchmal schwallartig redend, manchmal einfach nur schweigend. Und auch wenn die Zeit sehr spannend und aufregend für uns war, war es gleichzeitig die schönste Zeit meines Lebens.

Am Tag vor dem Verkauf, nachdem das letzte Glas gewaschen und das letzte Mal die Theke abgewischt worden war und George zum letzten Mal ein Tänzchen auf der leeren Tanzfläche hingelegt hatte, fragte ich Charlie, ob ich sie nun mit meinem neuen Motorrad entführen dürfte, damit wir den Kopf freibekamen, nur wir zwei.

Charlie verdrückte ein, zwei Tränchen und nickte.

„Das wäre jetzt genau das Richtige, Jonathan."

Wir verabredeten uns für den nächsten Morgen, sie sollte um acht Uhr früh zu mir kommen.

In dieser Nacht machte ich kein Auge zu. Es lief auch keine Platte, denn ich wollte hören, was mir die Stille sagte. Und es gefiel mir, was sie zu sagen hatte.

Punkt acht Uhr läutete die Türglocke. Das war mein Signal. Das Garagentor öffnete sich und ich rollte auf meinem neuen fahrbaren Untersatz die Auffahrt hinunter auf Charlie zu. Sie stand mit dem Rücken zu mir, aber ich machte sie auf eindrucksvolle Weise auf mich aufmerksam.

Klingelingeling! Klingeling!

Sie drehte sich zu mir um und da sah sie mich in voller Pracht, auf meinem Fahrrad – in Motorradoptik. Mit Flammen und Totenköpfen an den Seiten und allem Drum und Dran, was zu einem wilden Bike gehört.

Da war es: Ihr Lachen. Dafür hätte ich alles gegeben.

„Na, junge Miss? Darf ich Sie ein Stück mitnehmen?", fragte ich sie höflich.

„Oh, ich weiß nicht, ob ich auf so einem Höllengerät mitfahren sollte, Mister!", kokettierte sie mit mir.

Nach einem weiteren Klingeling und von mir imitiertem Motorengeheul erlag sie allerdings der Versuchung und schwang sich auf mein Rad, schlang ihre Arme um mich und ich strampelte los. In meinen Bikerboots.

„Und was wurde aus deinem Motorrad?", fragte sie mich.

„Ach, ich dachte, ein bisschen Rad fahren tut's auch. Außerdem ist es gesünder und für die Umwelt ist ein Fahrrad sowieso besser", sagte ich mit brennenden Oberschenkeln – nach nur wenigen Kilometern.

Memo an mich: Ich sollte wirklich mehr trainieren.

Da uns beiden recht schnell klar wurde, dass aus dem Ausflug keine Weltreise werden würde, schlug ich vor, dass wir uns einen Kaffee genehmigen und dabei unsere weiteren Stationen besprechen sollten, was Charlie gerne annahm. Ich glaube, dass ihr mein Fauchen am Rad auch etwas unheimlich wurde.

„Ich wüsste da ein nettes Lokal", sagte ich.

„Ein paar Minuten noch", dachte ich.

Es war gar nicht so einfach, einen Weg zu fahren, bei dem Charlie nicht gleich unser Ziel erahnen würde, aber ich schaffte es. Dann kamen wir um eine Ecke und sie wusste, wohin ich mit ihr wollte.

„Die Bar?", fragte sie mich überrascht.

„Ja, die Bar", keuchte ich. „Ich dachte mir, ein letztes Mal könnten wir sie noch nutzen, bevor sie verkauft wird, oder?"

Wir stiegen ab, sperrten die Türen noch einmal auf, gingen hinein, fanden natürlich keinen Kaffee mehr, öffneten zwei übriggebliebene Flaschen Limonade und setzten uns händchenhaltend an die Theke. Wir redeten nicht viel, und nur hin und wieder wurde die Stille durch ein pfeifendes Atemgeräusch unterbrochen, das von mir kam. Ich musste wirklich wieder fitter werden.

Eine halbe Stunde später klopfte es an der Tür.

„Wer soll das denn sein?", fragte Charlie.

„Vielleicht der Käufer?", meinte ich.

Sie ging zur Tür, öffnete und ein Mann in einem dunklen Anzug und mit einer Aktentasche kam herein.

„Finde ich hier einen gewissen Jonathan Walker?", fragte er mit seiner leicht näselnden Stimme und blickte kritisch über den Rand seiner Brille in den Raum.

„Ja, den finden Sie hier", antwortete ich. „Mister Crowley, nehme ich an?"

„Sie nehmen richtig an, Mister Walker", näselte er zurück.

Charlie blieb mit fragendem Blick an der Tür stehen.
Mister Crowley kam zu mir, legte seinen Koffer beinahe zeremoniell auf die Theke, öffnete ihn – „klack, klack" – und holte einen Haufen Zettel hervor.
„Mister Walker, wie vereinbart bin ich zur Unterfertigung des Vertrages heute um zehn Uhr dreißig erschienen und überreiche Ihnen hiermit höchst offiziell die Unterlagen. Wenn Sie bitte hier, hier und hier unterschreiben würden?"
Ich bat ihn um einen Kugelschreiber, den er ebenso feierlich aus seiner Brusttasche zog, und unterschrieb dort, dort und dort. Und steckte den Kugelschreiber dann in meine Brusttasche. Für dieses Geschäft konnte Mister Crowley meiner Meinung nach schon einen Kugelschreiber springen lassen.

Was geschehen war: Die Unterredung mit Harry war sehr aufschlussreich gewesen. Wir analysierten mein bisheriges Leben und stellten fest, dass, egal in welche Richtung ich auch gehen würde, es so ziemlich die falsche war. Falsch nicht in dem Sinn, dass ich Fehler gemacht hätte, außer den üblichen Fehlern, die man halt so macht, aber falsch in Bezug auf mich. Ich hatte immer das Leben gelebt, von dem ich glaubte, dass es von mir verlangt oder erwartet wurde. Also war es an der Zeit, mal etwas komplett Verrücktes zu tun. Etwas, das nicht mal ich von mir erwarten würde.
So entschieden wir uns dafür, als ersten Schritt meine Wohnung samt Inhalt zu verkaufen. Wenn ich ehrlich war, wollte ich weder nochmal dorthin zurückkehren

noch wollte ich die Möbel haben, ja, noch nicht mal die Kleidung, die ich noch immer dort gelagert hatte. Ich wollte keine Anzüge mehr, keine Maßschuhe, keine Regenschirme, keine Krawatten, nicht mehr diese seltsamen Bilder, bei denen jemand beim Malen offensichtlich eine immense Wut auf die Leinwand gehabt hatte, und all die anderen Symbole für ein Leben, das nicht meines war.

Das war also Phase 1: Brücken abreißen.

Der Verkauf war innerhalb von zwei Wochen erledigt. Klar, es gab genügend Leute, die sich genau so eine Wohnung wünschten, oder zumindest glaubten, sie sich zu wünschen.

Das viele Geld, das ich plötzlich hatte, kombiniert mit meinen Ersparnissen aus den letzten Jahren, machte mir das, was danach kam, nicht gerade leichter, denn ich hätte damit locker einige Jahre recht gut leben können ohne zu arbeiten.

Aber Harry gab mir einen ordentlichen Tritt und so kam es zu Phase 2:

Ich spazierte zur Bank, die Charlie das Haus abknöpfen wollte, und kaufte es. Samt der Bar natürlich. Die Schulden wurden getilgt und ich ließ Charlie als die Besitzerin und Geschäftsführerin eintragen. Ich wurde zum Teilhaber. Mister Crowley wehrte sich anfangs dagegen, da ich ja seiner Meinung nach der Besitzer war, aber das war mir egal. Schon zu diesem Zeitpunkt war mir sein toller Kugelschreiber aufgefallen…

Danach blieb mir noch gerade so viel Geld, dass ich mir ein Fahrrad und Bikerboots kaufen konnte. Dann war es weg, das Geld. Alles. Das Geld vom Verkauf der Wohnung und meine Ersparnisse.

Und noch nie hatte ich mich freier gefühlt.

Klar, ich war jetzt pleite. Aber zumindest war ich gemeinsam mit Charlie pleite.

Und noch nie hatte ich mich reicher gefühlt.

Während Mister Crowley seine Unterlagen sortierte, kam Charlie vorsichtig zu mir und fragte mich, was das denn gerade gewesen sei. Ich lächelte sie an und übergab ihr ihre Kopien des Vertrages. Ihre Augen flogen über die Zeilen und Seiten und ihr wunderschöner Mund blieb dabei offen stehen.

Und noch bevor sie etwas sagen konnte, öffnete George die Tür und ein Schwall Menschen – meine Mutter, Mike und Sara, Georges Kumpels und etliche der anderen Stammgäste (mit „etliche" meine ich die üblichen fünf Verdächtigen) – kamen unter lautem Getöse herein und gratulierten Charlie und mir zur Wiedereröffnung der Bar.

Song des Tages: AC/DC, Back in Black, 1980.

Es war ein guter Tag.

Fourteen.

Gleich drei Punkte auf meiner Liste konnte ich durch diese Aktion abhaken: Ein Haus kaufen, eine Bar eröffnen und eine Chopper kaufen. Gut, das mit der Chopper stimmte nicht ganz, aber hey, was soll's. Das ist so eine Sache mit Listen. Wie John Lennon schon sagte: „Leben ist das, was passiert, während du eifrig dabei bist, andere Pläne zu machen."
Nachdem sich die erste Aufregung gelegt hatte, beschlossen Charlie und ich, uns zu überlegen, wie wir die Bar wieder auf Vordermann bringen konnten und wie es uns gelingen konnte, auch davon leben zu können.
Die Geheimwaffe war Musik.
Ich hatte immer davon geträumt, eine Bar zu führen, in der man so richtig coole Musik hören konnte. Und zwar nicht nur aus der Konserve, sondern live. Da neben Thekeputzen und Klosteinwechseln noch genug Zeit blieb, bot ich mich als Booker an. Booker – wie das schon klingt! Ich kam mir richtig wichtig vor.
Ein Problem gab es dabei allerdings: Ich hatte keine Ahnung, was gerade angesagt war und brauchte Unterstützung von einem Insider.
So fragte ich Mike, ob er mich nicht mal in die Szene einführen wollte, damit ich mir ein Bild davon machen konnte, was in unsere Bar passen würde. Nach einigem Hin und Her – Musiker werden gerne gebeten – willigte er ein und wir verabredeten uns für den folgenden

Freitag, gemeinsam die Lokale der City zu durchstreifen und die Live-Bands zu inspizieren.

Ich überlegte mir, was man den Bands heute bieten musste, damit sie gerne in einem Lokal spielten. Früher war das einfach gewesen: Stellte man einer Band eine Bühne und eine Kiste Bier zur Verfügung, war alles geritzt. Aber ob das heute auch noch funktionierte?

Mike klärte mich auf, was man alles zu bedenken hatte. Man musste den Gig anmelden und Abgaben dafür zahlen, die Band wollte eine Fixgage, eine Auswahl an diversen kulinarischen Köstlichkeiten, einen Backstage-Raum, eine Anlage, Licht, einen Tontechniker und so weiter und so fort.

„Und das bekommt ihr wirklich, wenn ihr irgendwo spielt?", fragte ich ihn.

„Nie", sagte er achselzuckend „aber man hätte das gerne."

In der Regel sah es nämlich so aus, dass die Bands den Lokalbetreibern einen gewissen Betrag als Miete zahlen mussten, dazu kam noch die Gage für den Tontechniker und wenn man mehr als drei Getränke konsumierte, musste man auch diese bezahlen. Im Endeffekt stieg die Band, wenn sie Glück hatte, nicht mit einem Minus aus.

„Und wovon lebt man dann, wenn man heute Musiker ist?"

„Gute Frage. Vom Unterrichten hauptsächlich", sagte Mike leicht verlegen.

„Ich wusste gar nicht, dass du unterrichtest!", stellte ich erstaunt fest, vertiefte es aber nicht, da ich bemerkte, dass Mike dieses Thema nicht gerade angenehm war.

Dann erzählte er mir noch irgendwas von Zielgruppen und dass man diese definieren musste, eine Art Marktanalyse durchführen sollte, um die Werbung darauf abzustimmen, und dass man Events kreieren musste, da Musik allein nicht mehr ausreiche.
OK – da hatte ich wohl einiges versäumt in den letzten Jahren.
Zu meiner Zeit war die Band das Event, die Zielgruppe waren Menschen und die Werbemittel waren handgeschriebene Flyer, die man in rauen Massen mit der Wundermaschine Kopierer vervielfältigte und jedem in die Hand drückte, der einem über den Weg lief.
Dass man als Musiker etwas zu essen und zu trinken bekam, dass man etwas Kohle dafür bekam und – wenn überraschend viele Leute kamen – sogar ein bisschen mehr Kohle, war auch klar und als Spielvertrag reichte ein Handschlag.
Aber gut, diese Entwicklung überraschte mich nicht besonders, da aus Musik, und selbst wenn es nur im Kleinen war, genauso ein Geschäft geworden war wie aus allem anderen. Und wenn es ums Geschäft geht, möchte man verdienen. Früher verdiente man meistens miteinander. Heute aneinander. Das kannte ich ja aus meinem alten Job.
Mit Johnny Guitar Watson's Dollar Bill im Ohr und vor mich hin summend zog ich mich an die Theke der Bar zurück und kritzelte diese Infos in mein kleines schwarzes Büchlein. Und einen Namen schrieb ich ganz fett hinein:
BIG JOE & THE GROOVEMACHINE

Der Freitag war gekommen und wir machten uns auf den Weg in die verschiedensten Lokale, die Live-Musik boten. Was mir gleich in den ersten paar Clubs auffiel, war, dass die Bands eher als Randerscheinung auftraten und die auf den Gig folgenden DJs anscheinend die Hauptattraktion waren, die, wie ich mir sagen ließ, auch den größten Teil des Eintritts abbekamen. In den Gesprächen mit zwei oder drei DJs stellte sich auch heraus, dass sie von sich behaupteten, Musiker zu sein und auf meine Frage hin, ob ich ihre Platten, die heute so gespielt werden würden, sehen dürfte, wurde ich ausgelacht.

„Mann! Aus welcher Zeit kommst du denn? Geht heute alles über den Laptop!"

„Aha. Auf ‚Play' drücken und dann mit einer Hand am Kopfhörer auf cool machen, hin und wieder lauter und leiser drehen und mit irgendeinem komischen Störbutton unheimliche gagaga-dadada Effekte verursachen – das ist also dein Job?", fragte ich einen, worauf sich dieser angewidert von mir abwandte. Mike amüsierte das sehr.

Positiv fiel mir auf, dass es doch sehr viele Bands gab, die ihr Unwesen trieben und teilweise ihre Sache auch richtig gut machten – auch wenn ich mit mancher nicht so richtig was anfangen konnte. So verstand ich zum Beispiel nicht, aus welchem Grund genau Emos so emotional waren, warum man, wenn man „alternative Musik" machte, nicht auch mal einen Ton richtig treffen oder zumindest die Gitarren stimmen konnte und warum man, wenn man in einer Jazzband spielte, die sich rühmte, frei zu improvisieren, Notenständer auf der Bühne brauchte.

Der Schnitt lag also zwischen den Bands, die zwanghaft ungezwungen wirken wollten, und den highly sophisticated Bands, die ihrem unwissenden Publikum gnadenhalber ihre Kunst, die sie aber ohnehin nicht verstehen konnten, zuteilwerden ließen. Ach ja, und dann noch die Emos. Die gab es auch noch.

Alles in allem war es eine Inszenierung nach der anderen und ich konnte richtig spüren, dass es den Leuten auf den Bühnen um alles Mögliche ging – nur nicht um Musik.

Aber dann gab es auch noch die anderen Bands. Die, die keinem Stil zuzuordnen waren, weil sie einen Mix aus allem zusammenbastelten, was ihnen gefiel. Die, die bei den Ansagen unsicher wirkten, weil sie offensichtlich gekommen waren, um zu spielen, und nicht um zu reden. Die, die auf der Bühne wie die Schweine schwitzten, da ihnen ihre Musik alles abverlangte.

Die, die Songs coverten, nicht um zu zeigen, wie gut sie waren, sondern weil sie die Songs verstanden, die sie spielten. Die, die eigene Songs spielten, weil sie etwas ausdrücken wollten, das sie in ihrem Alltag nie ausdrücken können würden. Die, die nicht auftraten, um danach mit dem Lokalbesitzer um die Gage zu streiten oder ihm die Bar leer zu saufen, sondern um auf einer Bühne zu stehen. Die, die in ihrem Unspektakulärsein absolut spektakulär waren, weil sie nicht nur Musik machten, sondern Musik waren.

Genau die suchte ich.

Es waren nicht viele, aber drei Bands waren mir ins Netz gegangen. Ein guter Anfang. Ich beschrieb ihnen mein Vorhaben in groben Zügen, handelte mit ihnen aus, dass sie eine Fixgage bekommen würden, und ja, Getränke, so viele sie wollten. Die Werbung würde ich übernehmen und vor Ort dürften sie ihre CDs und was auch immer sie sonst noch verkaufen wollten, verkaufen.

Man konnte ihnen direkt ansehen, dass sie einen Haken dahinter witterten, denn so unkompliziert hatten sie schon lange keinen Gig mehr an Land gezogen. Aber sie willigten ein – per Handschlag – in Charlie's Pub zu spielen. Wir tauschten noch unsere Telefonnummern und ich sagte ihnen, dass sie in den nächsten Tagen von mir hören würden. Das hatte ich schon immer mal sagen wollen.

Eine Sängerin gab mir noch einen Flyer für einen Bandwettbewerb, der ein paar Monate später stattfand und wies mich darauf hin, dass ich dort möglicherweise noch andere Bands finden würde, die in mein Konzept passten.

Auf dem Heimweg fragte ich Mike, ob nicht auch er mit seiner Band wieder bei uns spielen wollte.

„Tja, würde es die Band noch geben, gerne", sagte er.

Wie immer ließ sich Mike jede Neuigkeit aus der Nase ziehen, aber wie sich herausstellte, ging es darum, dass sich der Schlagzeuger und der Bassist in eine andere Richtung entwickeln wollten und Mike durch einen poppigeren Sänger und einen neuen Gitarristen ersetzt hatten. Ganz klassisch hinterrücks und ohne Vorwarnung.

Mike beteuerte, momentan keine Lust zu haben, wieder eine Band auf die Beine zu stellen, doch so wie ich bei den Gigs an dem Abend seine Augen leuchten gesehen hatte, wusste ich, dass das eine Lüge war.

Zuhause angekommen kuschelte ich mich zu Charlie unter die Bettdecke und grübelte darüber nach, wie ich an BIG JOE rankommen konnte, falls er überhaupt noch lebte. Jedoch ließ mich das Gefühl, endlich bei Charlie zu liegen, nur sehr oberflächlich darüber nachdenken. Morgen war ja auch noch ein Tag.

Fifteen.

Wenig überraschend war im Internet nichts über BIG JOE zu finden. Nicht mal George konnte mir weiterhelfen und das soll was heißen. Er erzählte mir von seinem legendären Abschiedsgig vor rund fünfundzwanzig Jahren, bei dem ich selbst auch dabei gewesen war, aber was er seitdem so trieb, falls er überhaupt noch etwas trieb, wusste niemand.

Mir war klar, dass mir nur noch einer helfen konnte: Jim. Wenn es etwas oder jemanden zu finden galt, das oder den niemand finden konnte, oder wenn jemand nicht gefunden werden wollte – Jim konnte ihn finden. Er war ein Wühler. Du kennst sicher so jemanden. Es gibt immer einen Wühler in einem Freundeskreis. Jemanden, der sich in ein Thema verbeißt, sucht, recherchiert, Kontakte aktiviert und so lange nicht ruht, bis er was herausgefunden hat. Und so einer war Jim.

Ich rief ihn an und nach dem üblichen Geplänkel und den gegenseitigen liebevollen Beleidigungen kam ich zum Thema:

„Sag, Jim, weißt du eigentlich, ob BIG JOE noch lebt?"
„Ich denke schon, warum?"
„Ich würde ihn gern mal besuchen", antwortete ich, wissend, dass das seine Neugierde schüren würde.
„Und warum?"
„Na, weißt du vielleicht, wo ich ihn finde?"
„Nein, aber das muss doch herauszufinden sein!"

„Im Internet und Telefonbuch habe ich nichts gefunden."
„Im Internet und Telefonbuch ... Pha! BIG JOE findet man doch nicht im Internet oder in einem ordinären Telefonbuch!", echauffierte sich Jim.
„Und wo finde ich ihn dann?"
„Die Frage ist, warum willst du ihn finden?"
„Das sage ich dir, wenn du ihn auftreibst."
Ich hatte ihn an der Angel.
Piep-piep-piep.
Jim hatte aufgelegt und ich wusste, dass er in diesem Moment schon die Fährte aufgenommen hatte. Nichts motivierte Jim mehr als ein Geheimnis.
Den Rest des Samstagsvormittags verbrachte ich mit Charlie in der Bar, die wir neu ausmalten, denn die letzten Jahre hatten auch an den Wänden ihre Spuren hinterlassen. Ich erzählte ihr von meinen Plänen und es tat gut zu spüren, dass sie mir vertraute. Wir hatten es nie direkt ausgesprochen, aber aus uns war ein Paar geworden. Ich wohnte mittlerweile so gut wie bei ihr und wir entwickelten so etwas wie einen gemeinsamen Alltag. Unsere Beziehung hatte sich wie von selbst ergeben und es fühlte sich alles richtig an. Ich konnte ihr mit der Zeit sogar abgewöhnen, sich ständig wegen der Bar bei mir zu bedanken.
Ich hatte in einigen Zeitungen inseriert, dass Charlie's Pub neu eröffnet wurde und an diesem Abend tauchten tatsächlich einige unbekannte Gesichter auf. Die Musik war gut, die Stimmung ebenso und gegen 21 Uhr läutete mein Telefon.

Ich nahm ab und Jim war dran.

„Ich hab ihn gefunden! Also raus damit! Was willst du von ihm?", zischte er atemlos.

Um Jim für seine Detektivarbeit zu belohnen, verriet ich ihm, dass ich gerne versuchen wollte, BIG JOE in die Bar zu bringen und die alte Band noch einmal auf die Beine zu stellen.

BIG JOE war zu meiner Jugendzeit eine Legende gewesen und egal wo er aufgetreten war, die Bude war immer rammelvoll gewesen. Man kann gar nicht genau sagen, woran es lag. War es die Musik? War es seine Präsenz? War es der Umstand, dass man bei einem Gig der GROOVEMACHINE für zwei Stunden all seine Probleme vergessen konnte?

Ich weiß es nicht, aber es funktionierte. Und deshalb wollte ich ihn in der Bar haben.

Eines Tages aber war BIG JOE einfach verschwunden. Es gab keine Auftritte mehr und mit der Zeit hörte man auf, nach ihm zu fragen.

Mir war klar, dass ich die Adresse nur dann von Jim bekommen würde, wenn ich ihm versprach, ihn mitzunehmen, und so tat ich es – und er gab mir die Adresse.

Wir verabredeten uns für den nächsten Vormittag um zehn Uhr, was für Jim dem frühen Morgengrauen gleichkam. Den restlichen Abend spielte ich gedanklich durch, wie ich mich BIG JOE vorstellen und präsentieren würde. Sollte ich als Fan der ersten Stunde auftreten? Als Booker, der sich dazu herablässt, ihn zu buchen? Sollte ich freundlich oder neutral sein? Einen amikalen oder sachlichen Ton anschlagen? Da diese Szenerien nicht so wirklich befriedigend waren, beschloss ich, es spontan zu entscheiden.

Jim war am nächsten Tag überraschend pünktlich, obwohl er aussah, als wäre er gerade aus einem zehnjährigen Koma erwacht. Er hatte sich auch, ebenfalls überraschenderweise, in eine Jeans gezwängt, anstatt seine übliche und äußert unappetitliche Jogginghose auszuführen. Ich bildete mir sogar ein, dass er sein mittlerweile immer schütterer werdendes Haar gekämmt hatte, was er aber abstritt.
Wir nahmen ein Taxi. Die Kosten wollten wir uns teilen, was aber leider durch den Umstand vereitelt wurde, dass Jim unglücklicherweise sein Portemonnaie zuhause vergessen hatte, und erreichten so nach einer etwa halbstündigen Fahrt die Adresse, die Jim ausfindig gemacht hatte. Nicht gerade eine der besten Gegenden.
Es schien sich um eine Mischung aus Kaffeehaus-Platten-Gebrauchtinstrumente-Laden zu handeln, soweit man das von außen beurteilen konnte. Wir näherten uns vorsichtig der Tür. Hätte ich noch geraucht, hätte ich mir jetzt eine Zigarette angesteckt, um ein wenig Zeit zu schinden – wie man es gerne tut, wenn man aufgeregt ist und die Unvermeidlichkeit einer Situation noch künstlich hinauszögern möchte.
Ich hatte mich noch nicht mit mir geeinigt, welche Rolle ich spielen wollte, da hatte ich schon den Türknauf in der Hand und drehte ihn um.
Ping!

Zu spät – die verräterische Türklingel hatte uns angekündigt. Es gab keinen Weg mehr zurück.

Es schien niemand da zu sein und so räusperte ich mich. Nachdem aber auch nach dem dritten Mal Räuspern niemand auftauchte, machte ich mit einem allgemein gehaltenen Hallo? bemerkbar. Irgendwo in den hintersten Winkeln des Geschäftes, das von innen noch unübersichtlicher aussah als von draußen vermutet, raschelte es, als hätte man einen Bären aus seinem Winterschlaf geweckt. Ein uralter, aus der Steinzeit stammender Fluchtreflex regte sich in einem Winkel meines Gehirns.

Doch ich widerstand und sah einen großen alten Mann in den Hauptraum des Ladens treten. Gemächlich und als würde Zeit keine Rolle spielen, setzte er sich seine Brille auf und antwortete mit einem so bassigen Ja?, dass ich mir sicher war, seine Stimme mehr zu spüren als zu hören.

Jim brachte ein quiekendes Hi! hervor und bevor es peinlich werden konnte, sagte ich:

„Guten Tag! Sind Sie BIG JOE?"

„Ja."

„Hätten Sie einen Moment Zeit für mich?"

„Ja."

Aha – sehr gesprachig, der alte Joe.

„Also, es geht um Folgendes: Mein Name ist Jonathan Walker und ich bin der Mitbetreiber einer Bar namens Charlie's Pub und auf der Suche nach Bands. Da ich mich erinnern kann, dass die Auftritte Ihrer früheren Band

immer ein riesen Erlebnis waren, wollte ich Sie fragen …"
„Du."
„Wie bitte?"
„Du."
„Was du?"
„Du kannst mich ruhig dutzen, Jonathan. Sonst komme ich mir so alt vor."
„Gut, also – Du – Mr. Joe, äh, Joe, Big - Big Joe … wo war ich gerade?"
„Ich nehme an, ich soll bei euch in der Bar spielen?", fragte Joe und setzte sich in seinen alten, riesigen Lesesessel, während er mit einer beiläufigen Handbewegung auf die beiden Sessel gegenüber deutete.
Jim und ich nahmen Platz wie zwei Schulkinder, die vor dem Rektor sitzen und sich nicht sicher sind, was sie eigentlich ausgefressen haben.
„Ja, also – das wäre meine Frage gewesen: Gibt es irgendeine Möglichkeit, wie ich Sie – äh, dich dazu bringen könnte, wieder aufzutreten? Nur ein einziges Mal? Die Konditionen, die wir in der Bar zu bieten haben, sind äußerst fair …"
„Ja, klar spiele ich", unterbrach er mich.
„… nicht nur, dass du eine Fixgage bekommen würdest … Was? Ja? Einfach so?"
„Einfach so."
Ich hatte mir ausgemalt, dass es wahnsinnig schwierig werden würde, Big Joe wieder auf eine Bühne zu bringen. Schließlich hatte er jahrzehntelang keinen Auftritt mehr gespielt, was ja seine Gründe gehabt haben musste.

Ich konnte mir nicht verkneifen, ihn zu fragen, warum er denn so lange nicht mehr aufgetreten war, und er antwortete:

„Es hat mich ja niemand gefragt."

Erstaunlich, wie simpel und kompliziert etwas zur selben Zeit sein kann.

Gerade, als ich ihm noch ein paar Details zu dem Gig erzählen wollte, sagte Joe:

„Ein klitzekleines Problem gibt es allerdings. Larry ‚Guitar' Jones weilt nicht mehr unter uns. Das heißt, ich brauche einen neuen Gitarristen. Die anderen aus der Band sind noch am Leben – zumindest waren sie es letzte Woche noch. Aber in unserem Alter sollte man nicht weiter als bis zur nächsten Hauptmahlzeit planen."

Erst da fiel mir auf, dass Joe wirklich schon alt geworden war. Ich sah ihn zwar immer noch so, wie er vor 25 Jahren ausgesehen hatte, aber schon damals musste er um die fünfzig gewesen sein. Er war nicht mehr ganz so big, hatte graue Schläfen, eine Opa-Brille und ein faltiges Gesicht, doch der Soul schien ihm immer noch aus der Seele zu sprudeln. Ich weiß nicht, ob du so jemanden kennst, aber es gibt Menschen, bei denen alles groovt, und sei es eine noch so belanglose Geste, eine Bewegung mit der Hand, die Art wie sie gehen oder sogar wie sie sprechen. Und so jemand war Big Joe. Ich war mir sicher, dass er es noch immer bringen würde.

„Gut, also das tut mir leid mit Larry", sagte ich.

Jim, der sich bis dahin auffällig unauffällig verhalten hatte, meldete sich plötzlich zu Wort:

„Larry – der ist sicher an den Glimmstängeln gestorben, hab ich nicht Recht?", wollte er seine Insidermutmaßung zur Schau stellen und rutschte aufgeregt auf seinem Stuhl hin und her.
Stimmt, Larry hatte man nie ohne eine Zigarette gesehen.
„Nein, eigentlich nicht. Seiner Frau zuliebe hatte er aufgehört zu rauchen und wollte ein gesünderes Leben führen. Letztlich wurde ihm ein Gurkensandwich zum Verhängnis …"
„Erstickt?", presste Jim schockiert hervor.
„Nein, am Weg zum Markt, um eine Gurke zu kaufen, wurde er von einem Gemüselaster überfahren … verdammte Gurken."
Big Joe schüttelte traurig seinen Kopf und beklagte das tragische Schicksal seines ehemaligen Gitarristen und nach einer, wie mir schien, angemessenen Zeitspanne des Trauerns, sagte ich zu ihm: „Du brauchst also einen Gitarristen. Ich denke, ich hab' da einen für dich."

Irgendwann, so um diese Zeit herum, muss George den Flyer für den Bandwettbewerb gefunden haben und kam auf eine großartige Idee. Später behauptete er, dass es eine der besten Ideen in seinem ganzen Leben gewesen war. Er ging zum Telefon, nahm den Hörer in die Hand und wählte die Nummer, die auf dem Flyer für Anmeldungen stand…

Mike war aufgeregt. Auch wenn er es nicht zugeben wollte und sein undurchdringliches Pokerface aufsetzte, ich konnte spüren, dass er bis in die Haarspitzen angespannt war.

Ich bot der Band die Bar als Proberaum an, auch wenn ich Big Joe zuerst davon überzeugen musste, da er selbst am liebsten in seinem Laden geprobt hätte, ich aber die Befürchtung hatte, dass die Band da drinnen unter Umständen von den Tonnen und Tonnen an Zeug, das er darin lagerte, verschüttet worden wäre, wenn der Groove der Groovemachine erst mal alles ins Schwingen gebracht hatte.

Außerdem wollte ich wahnsinnig gern selbst bei den Proben dabei sein und sehen, wie die Heroes meiner Pubertät arbeiteten.

Und da kamen sie auch schon alle: Garry „Boom Boom" Carson – der Drummer der Machine. Mittlerweile gleich hoch wie breit, mit dem immer noch gleichen Grinsen und Leuchten in den Augen und einem Zahnstocher im Mundwinkel.

Greg „The Funk" Anderson – der Bassist, dessen ursprüngliche Dreadlock-Mähne sich nun auf nur noch drei Zöpfe konzentrierte und immer mehr Stirn preisgab, der sich aber nach wie vor mit den gleichen geschmeidigen Bewegungen durch den Raum in Richtung Bühne bewegte wie vor all den Jahren.

Steve „The Professor" Quentin – der Keyboarder, besser gesagt, Hammond Spieler. Nun, eben der Professor.

Und nicht zu vergessen – BIG JOE. Als er die Bar betrat, schien er um einen Kopf gewachsen zu sein, im Vergleich dazu, als ich ihn zum letzten Mal gesehen hatte, und er ging in seinem ganz eigenen, besonderen Groove mit dem Saxophonkoffer in der Hand in Richtung Bühne.

Big Joe hatte es sich auch schon früher nicht nehmen lassen, hin und wieder sein Saxophon zu spielen, immer dann – wie er betonte – wenn man mit Worten nicht mehr ausdrücken konnte, was es noch zu sagen gab.

Als die Truppe gerade mit dem Aufbau beschäftigt war, genauer gesagt, vorerst nur Garry, der, wie für Drummer üblich, mit beinahe mathematischer Akribie und im richtigen Winkel seine Trommeln und Becken aufstellte, und jedem klar war, dass das noch eine Zeit lang dauern würde, ging ich mit Mike zu Big Joe und stellte ihn vor.

„Hey, Joe!", sagte Mike.

„Nicht ‚Hey Joe', Kleiner. Das war Hendrix. Ich bin Big Joe."

Er streckte ihm seine riesige Pranke entgegen und ich bildete mir ein, dass Mike ein wenig rot wurde.

„Ich bin Mike", antwortete Mike und schon wurde er in Richtung Bühne geführt und sofort von der Band absorbiert. Hände wurden geschüttelt, einige Heys! Has! und Hos! geäußert und nachdem schließlich alle fertig aufgebaut hatten – natürlich wurde davor noch etwas getrunken und des Professors Pfeife gestopft – ging es los.

Nahezu wortlos wurde auf der Bühne kommuniziert. Die Bandmitglieder ließen die Musik sprechen. Sofort entstand dieses unheimlich wohlige Knistern in der Luft, wie es nur bei Live-Konzerten zustande kommt.

Mike hatte anfangs kleine Schwierigkeiten, sich auf die Art der Arbeitsweise seiner älteren Kollegen einzustellen, aber nach ein paar Anläufen kam auch er immer besser rein.

Den restlichen Nachmittag tat ich so, als würde ich etwas total Sinnvolles und Wichtiges in der Bar zu tun haben, aber in Wahrheit lauschte ich einfach nur der Musik und ließ mich von ihr einhüllen, mich mitnehmen. Als Charlie auch noch runterkam, wusste ich, ich war zuhause.

Sixteen.

Es brauchte nicht allzu viele Proben, um festzustellen, dass die Band in dieser Formation funktionieren würde. Nicht nur funktionieren, sondern brillieren würde sie. Als ich das den Musikern voller Begeisterung mitteilte, reagierten sie wenig überrascht, da es ihnen offensichtlich von Anfang an klar gewesen war, dass das so sein würde. Wie konnte ich nur …
Die Band stand somit und wir fixierten einen Termin. Drei Wochen später sollte es soweit sein. Jetzt war es wichtig, sich an die Werbung zu machen. Ich wollte etwas Altes, Echtes haben und nicht irgendwelche Bandfotos, auf denen die Musiker mit ihren Instrumenten in den Händen auf einer Wiese oder in der Einöde rumstehen, als hätte sie jemand bestellt und nicht abgeholt. Ich wollte Plakate, so wie es sie früher gegeben hatte. Selbst gemacht, von Hand geschrieben, in schreienden Farben. Und wer bot sich dafür besser an als George? – Die von Hand gemachteste und schreiendste Person, die mir je untergekommen war. Ich musste ihn nicht lange bitten. Er machte sich sofort an die Arbeit, kritzelte auf Servietten, skizzierte, entwarf, verwarf, ließ sich von Plattencovers inspirieren, studierte Plakate aus früheren Zeiten, die er gesammelt hatte, beriet sich mit seinen Kumpels, diskutierte und stritt mit ihnen und nach ein paar Tagen kam er mit dem finalen Entwurf zu mir.
Das Plakat war ein Meisterwerk. Es ließ keine Fragen offen und die Farbauswahl brannte sich auf die Netzhaut,

so als hätte man zehn Sekunden lang in die Sonne geschaut – auch wenn man es schon lange nicht mehr direkt ansah, konnte man es immer noch vor sich sehen.
Rock'n'Roll.
Ab damit in den nächsten Copy-Shop in der Stadt.
„Ich würde gerne dieses Plakat kopieren lassen. 200 Stück, bitte."
Der verwirrt dreinschauende Angestellte antwortete, offensichtlich belustigt von meiner Bitte: „Haben Sie eine Copy Card von uns?"
„Nein."
„Sind Sie ein eingetragener Kunde?"
„Nein."
„Dann müssen wir ein Konto für Sie anlegen – Ihr Name?"
„Ein Konto? Ich möchte doch einfach nur…"
„Ja, alle wollen einfach nur. Aber so einfach ist das nicht. Sie müssen im System erfasst sein, bevor Sie dieses Plakat kopieren können. Außerdem ermöglicht das einen viel schnelleren Ablauf hier."
„Aha. Moment! Bevor ICH dieses Plakat kopieren kann?"
„Ja, was glauben Sie denn? Dass ich das für Sie mache?"
Gut, ich gab ihm meinen Namen, meine Adresse und all die Daten, die er sonst noch haben wollte. Ein Wunder, dass er mich nicht nach meiner Hosengröße fragte.
„So, das hätten wir. Nun brauchen Sie eine Bonus Card, auf die Ihr Guthaben gebucht werden kann."
„Ich kann also nicht einfach kopieren und Ihnen das bezahlen?"

„Nein, Sie brauchen eine Card – aber die ist in dieser Woche ohne Gebühr zu bekommen."

Na, da war ich aber froh.

Also kaufte ich mir eine Bonus Card und dann wurde ich zu Kopierer Nummer 3 geschickt.

Ich sah schon von Weitem das mysteriöse Leuchten des Displays dieses Kopierers, der eher einem UFO glich als einem Drucker.

Nach etwa fünf Minuten orientierungslosem Herumgedrücke auf dem Display fragte ich den Angestellten, ob er mir denn nicht zur Hand gehen könne. Sein Augenrollen verriet, dass er mich mit einem Neandertaler gleichsetzte, der zum ersten Mal mit den Wundern der Gegenwart konfrontiert wurde.

Schließlich ließ er sich aber doch noch dazu herab, mir zu erklären, wie dieses Ding funktionierte und schon nach insgesamt 45 Minuten hielt ich meine Kopien in der Hand.

Ein unheimlich schneller Ablauf.

Beim Bezahlen wies ich den jungen Herrn noch darauf hin, dass ich eigentlich nicht den ganzen Kopierer kaufen wolle, was er aber nur mit erneutem Augenrollen quittierte.

Wenigstens konnte ich ihn noch davon überzeugen, dass er gleich eines der Plakate aufhängte, was er wahrscheinlich nur tat, um mich endlich loszuwerden.

Danach traf ich mich mit Charlie und wir starteten unsere gemeinsame „Lass-uns-die-Stadt-zupflastern-Tour". Sogar andere Bars und Pubs ließen uns die Plakate aufhängen, vermutlich waren sie zu hypnotisiert von der abgefahrenen Farbgestaltung als dass sie hätten nein sagen können.

Nach halb getaner Arbeit blieben wir – wie es sich gehört – in einem der Lokale hängen und gönnten uns einen Drink.

„Jonathan", sagte Charlie, „ich möchte, dass du weißt, wie froh ich bin, dich zu haben."

Die roten Ohren meldeten sich sofort.

„Ich weiß das alles, was du für mich – für uns – tust, sehr zu schätzen. Du bist ein ganz besonderer Mensch und ich habe noch nie jemanden wie dich getroffen."

„Ich liebe dich!", platzte es aus mir heraus.

Das erste Mal, wenn man jemandem seine Liebe gesteht, fühlt sich immer ganz eigenartig und besonders an. Vorher lag es nur in der Luft, es lag einem schon oft auf der Zunge und irgendwie traut man sich nicht und wenn es dann aber so weit ist, ist man selbst vollkommen überrascht und im Bruchteil einer Sekunde gehen einem hundert Gedanken durch den Kopf. War es richtig? War es an der Zeit? Empfindet sie auch so? Was, wenn nicht? War das nicht zu weibisch? War es zu früh? Zu spät? Und in manchen Fällen: Wo geht es hier raus?

Doch nicht in diesem Fall.

Ich war mir so sicher, dass mir gar nichts durch den Kopf ging.

Da küsste mich Charlie, umarmte mich und flüsterte mir ins Ohr: „Und ich liebe dich."

Wie zwei Teenager saßen wir dann noch gut eine halbe Stunde nebeneinander, hielten Händchen, lächelten uns an und spielten mit unseren Haaren. Für diese halbe Stunde blieb die Zeit stehen.

Nachdem wir unsere Tour beendet hatten, fuhren wir nach Hause und bereiteten uns auf den Abend in der Bar vor.

Charlie wollte noch die Post holen, während ich duschte und als ich aus dem Badezimmer kam, verfolgt von der üblichen Dampfwolke, hielt sie mir einen Brief entgegen und sagte:

„Der war für dich dabei."

Seltsam genug, dass man heutzutage, außer einer Rechnung, überhaupt noch Post bekommt, bekam ich den Brief an die Adresse von Charlie, obwohl ich noch gar nicht umgemeldet war und der Brief eigentlich zur Adresse meiner Mutter hätte gehen müssen. Ich nahm ihn in die Hand, öffnete den Umschlag auf bestialische Weise und begann zu lesen:

„Hi Jonathan!

Wir freuen uns, dass du bei unserem Wettbewerb mitmachen möchtest, und es freut uns noch mehr, dir mitzuteilen, dass du dabei bist!

Dein Termin ist Samstag, der 21. Juni, Stagetime 19:30 Uhr.

Bitte sieh zu, dass du schon mindestens zwei Stunden vorher vor Ort bist.

Mitzunehmen sind Instrument/e und ein Ausweis – solltest du unter einem Künstlernamen auftreten wollen, gib ihn uns bitte innerhalb der nächsten Woche bekannt.
Die Preise, die es zu gewinnen gibt, hier nochmal im Detail:
1. Platz: Ein Vertrag für Management und Booking bei „Turn it up – Records" (Das Label behält sich vor, die Laufzeit des Vertrages erst nach Gewinn bekanntzugeben)
2. Platz: Eine Demo-Aufnahme im Profi-Studio und ein exklusiver Gig als Vorgruppe der Gewinner dieses Wettbewerbs (Im Demo inkludiert sind 4 Stunden Aufnahmezeit, jede weitere Stunde bekommt ihr zu einem Special Price!)
3. Platz: Ein Gutschein im Wert von 300 Dollar für Equipment im „Big Bang Musicstore" (Ausgenommen sind bereits reduzierte Artikel, eine Barablöse ist ausgeschlossen!)

Wir freuen uns, dich auf der Bühne zu sehen!
Mit besten Grüßen,
Dein Wild Out Music Team"

Was?!

Ich las den Brief noch zwei oder drei Mal.
„Es muss sich um eine Verwechslung handeln!", sagte ich und fragte Charlie, ob sie wusste, was da vor sich ging.
„Nun ja, nachdem außer dir hier kein anderer Jonathan Walker wohnt, würde ich nicht sagen, dass eine

Verwechslung allzu wahrscheinlich ist", beunruhigte sie mich noch mehr.

„Aber ich habe mich dort niemals angemeldet! Was soll das überhaupt sein?"

Wild Out – Moment! War das nicht der Bandwettbewerb, von dem mir das Mädchen aus der Band an meinem Abend mit Jim erzählt hatte?

„Keine Ahnung, was da los ist. Ich werde morgen anrufen und mich abmelden."

Charlie wirkte etwas enttäuscht.

„Aber warum denn? Wäre das nicht witzig?"

Witzig. Sicher wäre es witzig. Für alle anderen! Ich auf einer Bühne. Außerdem – wie kommt sie überhaupt auf die Idee? Ich kann nicht Gitarre spielen, nicht singen, hab keine Songs – das wäre so, als würde sie mir vorschlagen, ich solle mal schnell zum Mond fliegen, um ein bisschen Käse zu holen.

„Aber ich höre dich doch immer wieder üben! Ich wollte dich nie stören, aber was du da spielst, klingt doch richtig gut!"

Sie musste mich wirklich lieben.

„Ich fände es toll, dich auf einer Bühne zu sehen", sagte sie und sah mich mit ihren großen Augen erwartungsvoll an.

Eine entsetzliche Vorstellung. Absurd. Ich war kein Musiker, also warum sollte ich das tun? Zumal mir noch immer nicht einging, wie das überhaupt hatte passieren können.

„Tut mir leid, Charlie, aber das kann ich nicht machen."

Es tat mir weh, sie zu enttäuschen, aber der Selbsterhaltungstrieb gewann dann doch.

Dennoch, der Gedanke, auf einer Bühne zu stehen, ließ mich nicht los, auch wenn er noch so blöd war. Ich träumte sogar davon! Von der Menge umjubelt gab ich meinen Hit zum Besten – das eine Lied, das ich hatte. Und selbst da war das Problem, dass ich noch immer keinen Refrain dazu hatte.
Harry schien von der Idee ebenso begeistert zu sein wie Charlie und ging mir mit in regelmäßigen Intervallen kommenden Motivationsschüben auf die Nerven: Tu es! Tu es!
Aber was sollte ich denn bitte tun?
Mich lächerlich machen?
Aber aus irgendeinem Grund rief ich am nächsten Morgen nicht an, um mich abzumelden und verschob es auf den Tag darauf.
Abends traf ich George in der Bar und er schien besonders gut drauf zu sein.
„Na, Jonathan? Wie geht's?"
„Ganz gut, danke. Und dir?"
„Bestens! Und?"
„Was, und?"
„Und? Machst du mit?"
„Wo mit?", fragte ich naiv.
„DU!", schrie ich ihn an, „Du hast mich angemeldet!"
„Ja, sicher! Wer sonst?", lachte er. „Ich fand den Flyer und dachte mir, das wäre DIE Gelegenheit für dich, den

Song, den du für Charlie geschrieben hast, live zu spielen!"
„Pst!", fuhr ich ihn an. „Charlie weiß nichts davon, dass der Song für sie ist! Woher weißt du überhaupt davon?"
„Weil das so ziemlich der einzige Song ist, den du seit Monaten spielst, weil wir ihn alle mittlerweile auswendig kennen und weil der Text auch nicht gerade schwer zu deuten ist, Jonathan. Deine Mutter summt die Melodie den lieben langen Tag."
Ich dachte, dass ich im Geheimen operieren würde, aber da lag ich wohl falsch. Diese verdammten dünnen Wände.
„Ihr seid doch alle verrückt! Ich kann damit nicht auf die Bühne! Ich würde mich vollkommen lächerlich machen!"
Ich drehte mich um und ließ George einfach stehen.
Emotional irgendwo zwischen beleidigt und geschmeichelt – immerhin schien ihnen der Song zu gefallen – machte ich meine Arbeit, schenkte aus, was mittlerweile schon richtig gut funktionierte, wischte die Theke, sah George immer wieder böse an und versuchte, wann immer es ging, Charlie unauffällig zu berühren.
Gegen halb elf läutete das Telefon und Charlie ging ran.
Mit ernster Miene sagte sie: „Jonathan, das ist für dich."
Ich wusste sofort, dass irgendetwas nicht stimmte.
„Jonathan Walker?", sagte ich vorsichtig.
„Mr. Walker, James Spencer hat Sie als seinen Notfallkontakt angegeben. Ich muss Ihnen leider mitteilen, dass Ihr Freund einen Herzinfarkt hatte."

Seventeen.

Charlie bestand darauf, dass ich ein Taxi nahm, da ich viel zu aufgewühlt war, um selbst zu fahren. Auf dem Weg ins Krankenhaus versuchte ich, einen klaren Kopf zu bekommen.

Die Dame am Telefon hatte gesagt, dass sie mir leider noch nichts Genaues sagen könne, da er gerade untersucht würde, er aber ansprechbar sei.

Dann würde es doch nicht so schlimm sein, oder?

Die verschiedenen Phasen, von „Hoffentlich überlebt er …" über „Dieser Idiot! Warum lässt er sich so gehen?" bis zu „Was geht mich das überhaupt an?" lösten einander in meinem Kopf ab und als ich endlich am Krankenhaus ankam wusste ich, was es mich anging: Jim hatte außer mir niemanden.

Eine Schwester sagte mir, wo ich ihn finden konnte und als ich den langen Gang zu seinem Zimmer entlanglief, mir von dem typischen Krankenhausgeruch übel und meine Knie immer weicher wurden, malte ich mir die schlimmsten Bilder und Szenarien aus.

Ich öffnete langsam die Tür – und da lag er. Mit einem Schlauch in der Nase, Geräten um ihn herum angeordnet, die seltsam piepten, und einem Arzt, der sich über ihn beugte und gerade mit einer Taschenlampe in seine Augen leuchtete.

„Ich sehe ein Licht …", stöhnte Jim.

„Gott sei Dank!", sagte der Arzt. Er konnte sich ein leises Schmunzeln nicht verkneifen. „Sonst wäre meine Lampe nämlich schon wieder hinüber."

Er notierte etwas und kam mir dann entgegen, während ich noch immer in der Tür stand.

„Wie sieht's aus, Doktor?", fragte ich mit heiserer Stimme.

„Er wird schon wieder", beruhigte mich der Arzt. „Aber seinen Lebenswandel sollte er schleunigst ändern, sonst geht es beim nächsten Mal nicht mehr so glimpflich aus. Wir behalten ihn ein paar Tage zur Beobachtung hier, aber er sollte bald wieder auf den Beinen sein. Es war kein richtiger Herzinfarkt, nur eine kleinere Attacke, die ihn umgehauen hat. Wahrscheinlich war das vierte Salami-Mayonnaise-Sandwich zu viel …"

Dieser Fresssack. Am liebsten hätte ich ihm eine Ohrfeige verpasst, ließ es aber bleiben, da ich mir nicht sicher war, ob die Überwachungskamera im Zimmer eingeschaltet war.

„Jim … was machst du für Sachen?"

„Jonathan", sagte er schwach, „ich glaub, das war's mit mir …"

„Aber nein, der Arzt hat gesagt, dass du wieder auf die Beine kommst."

„Ach, diese Quacksalber. Die wollen doch nur an mir herumexperimentieren. Das darfst du nicht zulassen, Jonathan!"

Überraschend fest packte er mein Handgelenk.

„Du darfst nicht erlauben, dass sie mich aufschneiden und irgendwelche Sachen rausnehmen, oder noch schlimmer, reingeben!"

„Das werden sie schon nicht", versuchte ich ihn zu beruhigen.

„Neulich erst haben sie im Fernsehen gezeigt, wie sie an so einem armen Kerl herumgeschnippelt haben – reine Routine, haben sie gesagt – und Puff – schon sah er sich die Radieschen von unten an."

Ich wand mich aus seinem Griff und setzte mich auf den Stuhl neben dem Bett.

Ich wusste nicht so recht, was ich sagen sollte, und so vergingen Minuten und Minuten, in denen ich schweigend neben Jim saß und ihn einfach nur beobachtete.

Wenn man eines Tages mitbekommt, dass man nun in einem Alter ist, in dem es schön langsam den ein oder anderen aus dem Freundeskreis dahinrafft, wird einem ziemlich mulmig zumute. Man glaubt immer, unsterblich zu sein. Bis man ungefähr 30 wird. Dann stellt man fest, dass die Zeit bis dahin schon etwas schnell vergangen ist, nimmt sich vor, das Leben mehr zu genießen, besser auf sich zu achten.

Aber schon bald wird man wieder vom Alltag überrollt und wirft all die guten Vorsätze übern Haufen. Dann wird man plötzlich 40, die Zeit ist noch schneller vergangen und man fragt sich, wo denn die Jahre nun schon wieder hingekommen sind. Körperteile tun einem plötzlich weh, von denen man gar nicht wusste, dass man sie hatte und man braucht für gewisse Dinge schon länger als noch vor ein paar Jahren. Nehmen wir zum Beispiel das Ausgehen und einen Draufmachen: Vor ein paar Jahren noch konnte man sich die halbe Nacht um die Ohren schlagen und am nächsten Morgen topfit auf der Matte stehen und seinen Job machen, vielleicht am Abend sogar nochmal schnell auf ein oder zwei Bierchen gehen. Und heute? Was passiert, wenn ich heute die halbe Nacht durchmache? Ich will gar nicht daran denken.

Oder man rühmt sich immer der sportlichen Höchstleistungen, die man als Jugendlicher vollbracht hat. In einer romantischen Vorstellung, dass man das heute immer noch alles könnte, baut man eine Art Schutzschild um sich auf. Wenn ich heute aber 30 Liegestütze machen würde, könnte ich mir sicher sein, dass ich am Tag darauf meine Arme nur noch im Tyrannosaurus-Rex-Radius bewegen könnte.

Die Zeit ging voran. Und ich fragte mich: Bin ich mitgegangen?

„Jonathan", riss Jim mich aus meinen Gedanken, „ich glaube, es ist so weit ... mir ist so kalt ... sooo kalt ..."

„Du hast nur deine Decke runtergestrampelt, Kumpel."

Ich deckte ihn wieder zu.

Wo war ich gerade?

Ach ja: War ich mitgegangen? Ich meine, wenn man an früher denkt, war immer alles toll. Obwohl es überhaupt nicht toll war – geht man in den Kindergarten, denkt man, „Ach, wie toll war es nicht früher, als ich noch zuhause war, bei Mommy."

Geht man in die Schule, denkt man: „Ach, wie toll war es im Kindergarten, ohne diese ganzen blöden Buchstaben und Zahlen."
Geht man aufs College, denkt man: „Ach, wie toll war es in der Schule, so unbeschwert!"
Dann sucht man sich einen Job und träumt davon, wie toll es im College war.
Auf der anderen Seite aber träumt man im Kindergarten davon, wie toll es wohl in der Schule sein muss, bei all den Großen. In der Schule träumt man davon, wie toll es auf dem College sein muss, bei den noch Größeren und all den Mädchen. Am College träumt man vom Berufsleben, wie toll es nicht sein muss, sein eigenes Geld zu verdienen, und im Job träumt man dann von später, vom Ruhestand, in dem man dann all das tun möchte, was man heute nicht tun kann. Und gleichzeitig denkt man aber an die gute alte Zeit.

Da soll man noch mitkommen.
Was aber, wenn gerade jetzt die beste Zeit ist? Man ist immer so sehr zwischen Vergangenheit und Zukunft hin- und hergerissen, dass man eigentlich nie wirklich bemerkt, wo man jetzt gerade steht. Und man denkt zurück oder plant voraus und plötzlich wird man von einem Gemüselaster überrollt oder ein Salami-Mayonnaise Sandwich rafft einen dahin. Und dann? Was hat man dann von all dem Davonlaufen vor dem Jetzt gehabt? Und plötzlich steht man vor dem schrecklichen „Hätte ich doch". Hätte ich doch mehr von diesem gemacht, hätte ich doch weniger von jenem gemacht,

hätte ich doch einfach mal losgelassen, hätte ich mich doch einfach mal gehen lassen, hätte ich meinem Verlangen doch einfach mal nachgegeben, hätte ich doch mehr Zeit mit meiner Familie verbracht, hätte ich bloß mehr Reisen unternommen, hätte ich mich mehr um mich selbst gekümmert, hätte ich mir doch weniger Sorgen gemacht, hätte ich mich doch einfach getraut.
Das war es. Man muss sich trauen zu leben. Jetzt.

Ich blieb noch ein wenig bei Jim, aber da er nach einem Pudding verlangte, wusste ich, dass er über den Berg war. Ich versprach, ihn am nächsten Tag wieder zu besuchen und schlenderte aus dem Krankenhaus, wo ich mir ein Taxi organisierte, das mich nach Hause bringen sollte.
Ich fragte den Fahrer, ob er mir Papier und einen Stift leihen konnte und schrieb auf:

You lift me up from my lowest low
You lift me up to my highest high
You lift me up to the place where I belong
You lift me up right to your side

Es war vollbracht. Der Text war fertig und nun gab es nur noch eine Mission: Das Ding auf die Bühne zu bringen.

Charlie erwartete mich sorgenvoll und ich erklärte ihr, dass alles halb so wild war. Dann nahm ich sie in den

Arm und sagte zu ihr: „Ich glaube, dass ich jetzt endlich da bin. Jetzt bin ich ganz bei dir angekommen."

Eighteen.

Mit dem Rocky Balboa Theme Song „Gonna Fly Now" im Ohr startete ich in den nächsten Morgen und rief, so früh es eben Sinn machte, Mike an.
„Mike, ich brauche deine Hilfe."
„Was denn?", versuchte Mike sein Gähnen zu unterdrücken.
„Ich werde am 21. Juni bei einem Bandwettbewerb mitmachen und du sollst mich dafür fit machen."
„Du?!"
„Ja, ich."
Ich achtete darauf, dass Charlie in Hörweite war, und da kam sie schon mit Lichtgeschwindigkeit um die Ecke geschossen und starrte mich ungläubig mit offenem Mund an.
Ich zwinkerte ihr zu und fuhr fort: „Ja, ich. Der Song ist soweit fertig – in meinem Kopf. Und du sollst dafür sorgen, dass er auch außerhalb meines Kopfes gut klingt. Warum ich das tue? Weil es sicher Spaß macht."
Mike sagte, er würde gleich mal rüberkommen, was seiner hörbaren Verwunderung noch mehr Ausdruck verlieh.
Charlie fiel mir um den Hals, küsste mich quer übers ganze Gesicht und rief dabei: „Du bist ja sooo cool! Das wird sooo cool! Ich bin sooo stolz auf dich! Darf ich dein Groupie sein? Darf ich?"
Ich versprach ihr das Exklusivrecht, mein Groupie zu sein und fühlte mich stolz, kurz unterbrochen von dem

Gefühl des „Was-habe-ich-bloß-getan?", das aber sofort wieder weggeküsst wurde.

Wenn ich mich zum Affen machte? Und wenn schon! Ich hatte ein Groupie!

Um mein Groupie noch ein bisschen mehr anzuheizen, verbot ich ihr, bei den Proben dabei zu sein, da es eine Überraschung werden sollte und treuer Fan wie sie war, hielt sie sich sogar daran – allerdings schickte ich sie zur Sicherheit trotzdem immer woanders hin, wenn Mike zum Proben kam.

Die erste Frage lautete, ob ich im Sitzen oder im Stehen spielen würde. Einen auf Singer-Songwriter machen oder auf Stimmungskanone und Anheizer, der über die Bühne stolziert und die Nähe zum Publikum sucht? Nach den ersten zwei Versuchen zu stolzieren, einigten wir uns darauf, dass die Singer-Songwriter-Variante wohl die bessere Option war.

Nachdem diese gefinkelten Performancefragen geklärt waren, spielte ich Mike meinen Song vor und versuchte nicht daran zu denken, dass mir dabei jemand zuhörte. Da Mike nach dem ersten Vers noch immer nicht lachte, fasste ich mehr und mehr Selbstvertrauen, zwischendurch mal sogar ein wenig zu viel davon, was sich in einem kleinen Ausflug in etwas jazzigere Töne bemerkbar machte, gewann aber wieder an Bodenhaftung und nach bravouröser Meisterung des zweiten Verses ging es in die Zielgerade zum zweiten Refrain – den ich sogar zwei Mal hintereinander sang und spielte!

Mike nickte anerkennend als ich fertig war und klopfte mir auf die Schulter.

„Das hätte ich dir gar nicht zugetraut!", lachte er.

„Ich mir auch nicht", sagte ich und bemerkte, dass ich von Kopf bis Fuß durchgeschwitzt war und mein linkes Bein, das halb vom Hocker hing und halb den Boden berührte, wie eine Nähmaschine vor sich hin ratterte. Mir war offensichtlich auch mein Plektrum aus der Hand gefallen, das – wie für ein Plektrum üblich – danach nie wieder zu finden war.

Mike machte sich daran, mir auf sanfte Art und Weise näherzubringen, wie man das Ganze noch etwas „runder" machen könnte, was ich als sehr netten Ausdruck für meinen musikalischen Höllenritt von gerade eben empfand.

„Streng dich nicht so an. Versuche nicht, die Töne zu erzwingen – lass sie einfach rauskommen."

Einfach rauskommen lassen. Aha.

„Und wenn du nicht ganz so brutal in die Gitarre haust, könnte man sogar den Text verstehen."

Nicht brutal sein. OK.

„Lass dir Zeit, bau den Song auf. Zuerst ein bisschen ruhiger und dann steigern, steigern, steigern!"

Seine Augen leuchteten.

„Ich meine, es ist ja ein Liebeslied. Für Charlie, nehme ich an, nicht? Stell dir vor, sie stünde vor dir und du würdest ihr den Text erzählen – da würdest du sie ja auch nicht anschreien, oder?"

„Nein, vermutlich nicht."

„Eben, also – nochmal, mit Gefühl."

Mit Gefühl spielte ich den Song nochmal. Und dann nochmal und nochmal und nochmal.

Bis ich am Ende meiner Kräfte war und selbst die Nähmaschine ihren Betrieb eingestellt hatte.

„Ich kann nicht mehr, Mike. Aber wie war ich bis jetzt?" fragte ich ihn völlig fertig.

„Jonathan, du warst gut. Und es macht Spaß, mit dir Musik zu machen."

Ich fühlte mich wirklich großartig. Und zum ersten Mal, seit ich mit der Anmeldung zum Wettbewerb konfrontiert worden war, hatte ich das Gefühl, dass es wirklich Spaß machen könnte, dort aufzutreten. Natürlich hatte ich nach wie vor Schiss, aber es war guter Schiss, wenn du verstehst, was ich meine.

Die Woche verging rasant. Ich probte täglich mit Mike und vergaß dabei beinahe, dass schon dieses Wochenende der Auftritt von BIG JOE & The GROOVEMACHNE stattfinden würde.

Und ich besuchte Jim, der schnell wieder am Weg der Besserung war. Er behauptete zwar, dass ihn eine der Krankenschwestern argwöhnisch beobachtete und er sich sicher sei, dass sie ihm etwas in seinen Pudding mischen würde, weil es ihm jedes Mal so komisch ging, nachdem sie bei ihm gewesen war, aber ich konnte ihn davon überzeugen, dass alles in bester Ordnung war und er überhaupt mal für einige Zeit den Pudding weglassen sollte.

Er wurde aus dem Krankenhaus entlassen und ich bot mich an, ihn nach Hause zu bringen. Also lieh ich mir Charlies Wagen und holte ihn ab.
Einige Minuten hüllten wir uns in Schweigen und gerade als ich ihm eine Standpauke halten wollte, dass er endlich sein Leben ändern und in den Griff bekommen sollte, da er mehr drauf hatte, als sich langsam aber sicher ins Grab zu fressen und zu saufen, platzte es aus ihm heraus:
„Jonathan, ich muss mein Leben ändern. Ich will nicht, dass es so endet. Allein, an einem Salami-Sandwich verreckt."
Er schniefte und aus dem Augenwinkel sah ich, dass er sich Tränen aus dem Gesicht wischte.
„Ich hab mein gesamtes bisheriges Leben vergeudet. Du wirst es vielleicht nicht glauben, aber ich bin in Wahrheit nicht der coole Typ, dem das alles nichts anhaben kann."
Ach nein, wirklich?
„Das war alles immer nur Show. Und du … du bist der Einzige, zu dem ich immer aufgeschaut habe. Auch wenn wir uns jahrelang nicht mehr gesehen haben, ich habe immer wieder an dich gedacht und mich gefragt, was würde Jonathan tun? Aber ich habe es verbockt. Alles habe ich verbockt. Meine Familie, meine Jobs … manchmal frage ich mich, was mit mir los ist."
Ab einem gewissen Zeitpunkt war Jim alles entglitten und er flüchtete sich in eine Art Scheinwelt, die für ihn funktionierte. Natürlich war ihm klar, dass nicht er seine Frau verlassen hatte, sondern sie ihn und genauso wusste er, dass er das Erbe seines Vaters, das Geschäft, ruiniert hatte. Er hatte ein Problem mit dem Glücksspiel und mit

seiner Ernährung und mit dem Alkohol. Aber er hatte es sich lange nicht eingestehen können.

„Aber jetzt, Jonathan, verspreche ich hoch und heilig, werde ich mich ändern! Ich habe dem Tod ins Auge geblickt und ich habe ein Licht am Ende des Tunnels gesehen! Jetzt weiß ich, was zu tun ist!"

Er schlug entschlossen mit der Faust auf seinen Oberschenkel und schniefte noch ein paar Mal, bevor wir seine kleine Wohnung erreichten.

„Und noch was, Jonathan", sagte er, als er schon die Tür zuschlagen wollte, „Danke."

Ich nickte und sagte ihm, dass er auf sich aufpassen und sich melden solle, wenn er was brauche. Und ich versuchte gar nicht erst, ihm auszureden, dass er am Samstag lieber noch zuhause bleiben sollte um sich auszuruhen. BIG JOE würde er sich nicht entgehen lassen.

Auf dem Heimweg machte ich noch einen kleinen Abstecher in die Stadt. Ich hatte etwas zu besorgen.

Ein Mann muss tun, was ein Mann tun muss ...

Die Proben mit Mike waren sehr intensiv und ich gab mein Bestes. Mike konnte nun den Song ebenfalls schon in- und auswendig spielen und singen und Charlie versuchte immer wieder, mich zu überreden, ihr etwas vorzuspielen.

„Noch nicht", sagte ich ihr.

Der Samstag war da. Die Luft schien zu flirren, als die Band aufbaute und den Soundcheck machte. Da war es wieder, das Knistern. Wie ein kleiner Junge beobachtete ich die Musiker, sah ihre beinahe rituellen Bewegungen, wie sie ihre Instrumente aufstellten, sich aufeinander einstellten und sich die Konzentration aufbaute.

Die Türen wurden um 19 Uhr geöffnet und der Gig sollte um 21 Uhr starten. Die Vorband, eine der Bands, die ich mit Mike ausgeforscht hatte, sollte um 20 Uhr beginnen.

Charlie und ich fragten uns natürlich, ob sich die Wiedervereinigung von BIG JOE & THE GROOVEMACHINE auch auf die Gästezahl auswirken würde – eine nicht unwesentliche Frage, wenn man ein Lokal betreibt. Es ließ sich ganz gut an. Zuerst kamen die Leute eher verhalten ins Pub und fragten, ob sie denn schon rein dürften, suchten sich einen möglichst versteckten Winkel und bestellten Getränke. Der Abend begann ruhig, aber zumindest waren da einige neue Gesichter.

Und dann, kurz vor 20 Uhr, ging es los. Ein ganzer Schwall Menschen, man könnte sogar von einer kleinen Masse sprechen, enterte das Pub und schon war es mehr als halb voll.

Man konnte erkennen, dass der Plan aufzugehen begann, denn gemessen am Altersschnitt konnte man das Publikum als „buntgemischt" bezeichnen. Die Vorband startete und der Abend begann.

Ungefähr ab der Hälfte des Sets kam erneut ein Schub Menschen und dieser – das war nicht zu übersehen – war wegen BIG JOE gekommen. Menschen in meinem Alter oder sogar noch älter, die meisten von ihnen mit ihrem Nachwuchs im Schlepptau, ganz nach dem Motto:

„Komm mal mit, damit du auch mal was Ordentliches zu hören bekommst!"
Die Jugend zeigte sich noch eher unbeeindruckt und starrte hauptsächlich peinlich berührt auf ihre Handys, während die Eltern einen auf junggeblieben machten.
So, die Vorband war fertig, spielte die lautstark verlangte Zugabe. Spätestens als auf der Bühne noch ein wenig für BIG JOE umgebaut wurde, war das Pub voll bis unter die Decke. Charlie und ich kamen mit dem Ausschenken beinahe nicht mehr nach und nahmen dankbar die Hilfe meiner Mutter an, die sich hinter der Theke erstaunlich gut machte.

Einundzwanzig Uhr fünfzehn. Die Band betritt die Bühne.
Einer nach dem anderen gehen sie rauf, die Verstärker brummen wohlig und dann, urplötzlich, geht es los. Garry, der Drummer, zählt ein, mit den Sticks hoch über dem Kopf und laut schreiend:
„One! Two! Three! Four!"
Und der Sound schwappt über die Zuhörer wie eine riesige Welle.
Mike startet gleich mal mit einem Solo, das alle Stückchen spielt, während Greg, der Bassist, und Garry den Groove vorantreiben und der Professor seine Hammond wabern und rotieren lässt, als gäbe es kein Morgen.
„Ladies and Gentlemen! Please welcome the one and only – BIIIIIIIIIG JOOOOOOOE!", tönt es aus den Lautsprechern, als Big Joe, groovend wie immer, mit

einem Hut und Sonnenbrillen, einem schwarzen Gehrock und dem Saxophon unterm Arm die Bühne betritt.
Eine Erscheinung.
Er lässt die Band die Meute noch ein wenig anheizen, bis er laut ein „On the one!" ins Mikrofon schreit und die Band wie aus der Pistole geschossen stoppt.
Die momentane Stille ist beinahe ohrenbetäubend. BIG JOE schaut in die Menge und sagt in seiner tiefsten Stimmlage:
„Have fun."

Was danach geschah, sucht seinesgleichen. Der Abend war mit allem gespickt, was man sich von einem Konzert erwarten konnte: Laute, schnelle Musik. Langsame, traurige Musik. Instrumentalteile. Soli (ja, es heißt Soli und nicht Solos, liebe Freunde), Publikumsteile und wie immer bei so einem Erlebnis verging die Zeit viel zu schnell. Dafür gab es haufenweise Zugaben, bis weder das Publikum noch die Band mehr konnte.
Sogar die Teenies im Zuschauerraum entwickelten sich während des Gigs von „Genötigt-um-zu-kommen" zu „Wow-sowas-gibt's-doch-gar-nicht!" und steckten sogar ihre Telefone weg, was man schon als kleines Wunder bezeichnen konnte.
Was für ein Abend. Es wurde viel gelacht, getrunken, getanzt, über Musik diskutiert, die Musiker wurden gelobpreist, Mike musste ein paar Mädchen sogar ein Autogramm geben, die anschließend kichernd und die unterschriebenen Servietten fest umklammernd davonliefen.

Auch Jim war gekommen. Er hatte sich frisiert und er hatte sogar richtige Kleidung an. Er war noch extra einkaufen gewesen, verriet er mir, und trank den ganzen Abend nur Wasser. Es war das erste Mal seit wir uns kannten, dass wir wirklich normal miteinander redeten. Und das tat richtig gut. Als uns beiden das auffiel, und bevor wir noch rührselig werden konnten, beschimpften wir uns schnell ein bisschen, fielen uns um den Hals und dann verabschiedete er sich, weil er am Tag darauf fit sein wollte. Wofür auch immer. Aber ich fand es gut.

Die letzten Gäste verließen das Lokal so gegen drei Uhr dreißig und Charlie und ich schlossen zufrieden und erschöpft hinter ihnen ab. Wir schätzten das Ausmaß der Verwüstung ein und teilten uns die Aufräumarbeiten. Sie wollte in der Küche klar Schiff machen, während ich mich um die Theke und die Tische kümmerte.

Jetzt musste es schnell gehen.

Sobald ich das Klappern von Geschirr aus der Küche hören konnte, zog ich mein Handy aus der Tasche, um meinen Mitverschwörer zu kontaktieren, der auch prompt abhob. Ich schlich zur Eingangstür, sperrte nochmal lautlos auf und streckte meine Hand hinaus, immer den Blick auf die Küchentür gerichtet. Ich nahm den Koffer, den mir Mike hinhielt, in meine Hand, bedankte mich leise, schloss wieder ab und ging zur Bühne, wo noch immer Mikes Verstärker stand, den er erst morgen holen wollte – zufälligerweise.

Ich aktivierte den Verstärker und das Mischpult - Plopp -, zog einen Hocker auf die Bühne, steckte die Gitarre an, atmete tief durch und schloss meine Augen. Ich setzte

mich, nahm mein Plektrum in die Hand und schlug einen Akkord an. Boah, war das laut!
Charlie stürmte aus der Küche, um nachzusehen, was da los war, und das war mein Signal.
Mein „On the One".

When I see no hope, no happiness
When I'm feelin' lost and confused
When it seems like the world ain't turning right
All I need is a look at you

When the sky is grey and rain falls down
When I'm standing on shakey ground
When the night has come and I'm alone
All I need is a thought of you

You lift me up from the lowest low
You lift me up to my highest high
You lift me up to the place where I belong
You lift me up right to your side
When life puts too much load on me
When I feel to get down on me knees
When I fear to stumble and fall
All I need is a word from you

When gloom lays on heavy my mind
When I see nothing else to find
When I feel that I ain't got the strength to carry on
All I need is a smile from you

You lift me up from the lowest low
You lift me up to my highest high
You lift me up to the place where I belong
You lift me up right to your side

Den letzten Refrain sang ich selbstverständlich zwei Mal.

Charlie stand vor mir. Zu Tränen gerührt, die Hände vor den Mund geschlagen und noch bevor sie etwas sagen konnte, ging ich auf ein Knie und hielt ihr eine kleine Ringschachtel entgegen.
Du kannst dir sicher vorstellen, was danach kam.

Natürlich räumten wir in dieser Nacht nicht mehr auf.

Nineteen.

Der Tag des Bandwettbewerbs.
Ich startete diesen Tag wie all die Tage, an denen mir etwas Wichtiges bevorstand: Ich stand nach einer mehr oder weniger schlaflosen Nacht viel zu früh auf. Ich versuchte zu frühstücken, bekam aber nichts runter, außer Kaffee, davon aber viel zu viel. Ich schaute ungefähr alle fünf Minuten auf die Uhr, obwohl ich erst gegen 17 Uhr vor Ort sein musste. Ich duschte, rasierte und frisierte mich, trug zu viel Aftershave auf und duschte nochmal. Ich überlegte, was ich anziehen sollte, zog mich dann auch schon mal an und war gegen neun Uhr morgens eigentlich fertig. Gut, also zu spät würde ich schon mal nicht dran sein.
Ich übte meinen Song noch ein paar Mal, machte mich dadurch aber noch nervöser und ließ es, nachdem mir der Text immer öfter entfiel, wieder sein. Hörte noch selbst ein bisschen Musik, was mich aber auch nicht wirklich entspannte, ging eine Runde spazieren und siehe da, schon war es 10 Uhr. Zeit für einen weiteren Kaffee. Danach zog ich mich nochmal um.

Nachdem der Tag zäh wie Sirup vergangen war, holte mich mein Fanclub ab.
Jim hatte einen Kleinbus organisiert und kam mit meiner Mutter, George, Sara und sogar Big Joe an Bord zum Pub, wo sie Charlie, die ein wundervolles Transparent mit meinem Namen darauf gebastelt hatte, und mich

aufgabelten. Busse hatten mir schon immer Übelkeit verursacht, aber an dem Tag konnte ich nicht genau sagen, ob es der Bus oder die Aufregung war. Die gelöste und gute Stimmung im Wagen erreichte mich nur wie durch einen Schleier und ich versank in Gedanken.

„Harry, was tue ich da?", fragte ich mich.

Ich bildete mir ein, dass Harry bloß schmunzelte, aber eine Antwort blieb aus.

Ich ging nochmal meine Checkliste im Kopf durch – Gitarre, Plektrum, Reserveplektrum, Kabel, Reservekabel, Reservesaiten und je näher wir dem Theater kamen, desto öfter fragte ich mich, ob ich nicht auch noch eine Reserveunterhose mitnehmen hätte sollen – nur für den Fall der Fälle.

Als wir auf dem Parkplatz ankamen, herrschte schon reges Treiben vor und um das Theater. Es wimmelte vor Musikern und Bands, deren Fans und mitgeschleifter Verwandtschaft. Immerhin gab es ja auch eine Publikumswertung zusätzlich zu der Jurywertung, und so aktivierte man alle, die man kannte und hoffte, dass diejenigen auch wirklich für einen stimmen würden.

„Harry, ich glaube, ich kann das nicht ...", flüsterte ich in mich hinein.

„Ach was, klar kannst du!"

Ein bisschen mehr Bemitleidung hätte ich mir schon von ihm erwartet.

Ich schnappte mir meine Gitarre und Mike begleitete mich zu der Schlange von Musikern, die sich bereits vor dem Eingang gebildet hatte, um kundzutun, dass sie da waren. Erst hier würde man seine genaue Auftrittszeit erfahren. Die anderen Musiker peitschten sich gegenseitig an, stachelten sich auf, hier ein „High-Five", dort ein „Faust-auf-Faust" (keine Ahnung, wie sich das nennt), hier ein Hänseln, dort ein „Wir machen euch alle!" – und ich mittendrin, beschäftigt damit, mich nicht zu übergeben.

Endlich waren wir an der Reihe. Ich fummelte ungeschickt meinen Ausweis aus meiner Tasche und hielt ihn der von oben bis unten tätowierten Dame zittrig entgegen. Sie sah mich schon misstrauisch an, noch bevor sie einen Blick darauf geworfen hatte. Als sie es dann doch tat, schoss eine tätowierte Augenbraue nach oben.

„Soll das ein Scherz sein?"

„Was denn?", fragte ich.

„Jedes Jahr gibt es einen wie dich. Einen, der seinen zweiten Frühling erleben will …"

„Zweiter Frühling?"

„Hör mal – auf der Anmeldung steht eindeutig: Altersgrenze für die Teilnahme: 25 Jahre. Und? Kommt dir da was seltsam vor?"

Ja, das kam mir seltsam vor. Da standen auch schon George und Big Joe neben uns.

„Was gibt's denn für ein Problem?", fragte George.

Nachdem die nette Dame auch George entnervt das Problem erklärt hatte, ich ihn kopfschüttelnd, aber insgeheim dankbar gespielt böse anschaute, mir aber das Grinsen nicht verkneifen konnte, meinte ich achselzuckend:

„Na gut, dann sollte es wohl nicht sein."

„Ja, für euch ist das ja alles kein Problem, aber wir haben das hier zu organisieren! Und solche Witzbolde wie du bringen den ganzen Ablauf durcheinander! Und außerdem fehlt uns jetzt ein Musiker oder eine Band! Toll gemacht, Opa!", steigerte sich die Dame mehr und mehr rein und das Tattoo an ihrem Hals pulsierte, als würde es gleich in die Luft gehen, während die Augenbraue immer weiter nach oben rutschte.

Da mischte sich Big Joe in das Geschehen ein.

„Moment, jetzt kommt mal alle ein bisschen runter."

Sein tiefer Bass und seine imposante Erscheinung brachten sie zum Schweigen.

„Aber wir haben doch noch einen Musiker hier", deutete er mit dem Daumen auf Mike.

Mike riss überrascht die Augen auf.

„Also, hiermit, Miss, meldet sich Mike Nolan zum Wettbewerb an."

„Ja sicher! Ihr glaubt, das geht alles so einfach!", wehrte sie sich.

„Hiermit, Miss, meldet sich Mike Nolan zum Wettbewerb an", wiederholte Big Joe.

Er fragte sie nicht danach. Er stellte fest.

„Ausweis ...", schnaufte sie schließlich.

Mike, der sich offensichtlich auch nicht traute, Big Joe zu widersprechen, kramte seinen Führerschein hervor und schon hielt er einen Teilnehmer-Pass in Händen. Zwanzig Uhr dreißig stand darauf.

Wir verließen die Schlange und gingen zurück zum Auto, wo wir Charlie, meiner Mutter, Sara und Jim erklärten,

was geschehen war. Mike tat bewusst total cool, um sich seine Überraschung nicht anmerken zu lassen.
„Aber ja, das mach' ich schon", feixte er.
„Und wie du das machen wirst!", feuerte ihn Sara an.
Ich kannte Mike inzwischen gut genug, um zu sehen, dass es ihm nicht wirklich so leicht fiel, klopfte ihm aber auf die Schulter sagte:
„Wer, wenn nicht du, Mike?"
Ich nahm Charlie an der Hand und ging mit ihr ein paar Schritte zur Seite.
„Tut mir leid, dass das nicht klappt. Ich weiß, wie sehr du dich darauf gefreut hast, mich auf einer Bühne zu sehen …"
„Aber Jonathan! Ich habe dich doch schon auf einer Bühne gesehen! Und das war der beste Gig, den ich jemals gesehen habe. Und soll ich dir noch was verraten? Dein Groupie wird dich heute trotzdem noch mit nach Hause nehmen."
Ich umarmte sie lang und fest. Wie sie duftete.
Als wir wieder zur Gruppe zurückkamen, hörte ich gerade, wie meine Mutter Mike fragte, welchen Song er denn eigentlich spielen wollte.
Mike kratzte sich am Kopf und sagte nach einer kurzen Pause:
„Naja, weißt du, ich dachte, dass ich vielleicht Jonathans Song spielen könnte. Immerhin war das ja so geplant. Ich meine, dass dieser Song gespielt wird. Also, vorausgesetzt, Jonathan hat nichts dagegen."
Er schaute mich fragend an.

„Ob ich was dagegen habe? Um Gottes Willen, nein! Ich wollte den Song schon immer mal von jemandem hören, der weiß, was er eigentlich tut!"

Als der Wettbewerb losging, verstauten wir uns im Zuschauerraum und Mike verschwand hinter der Bühne.
Das Theater war zum Platzen voll. Die Fans feuerten ihre Bands an, es wurde viel gelacht, mitgesungen, applaudiert und wir hatten jede Menge Spaß. Als es etwa zwanzig Uhr dreißig war, bahnten wir uns den Weg Richtung Bühne, um Mike an vorderster Front beizustehen. Mit Big Joe voran teilte sich die Menge wie das Rote Meer vor Moses und wir kamen gerade rechtzeitig in der ersten Reihe an, als der Ansager Mike ankündigte:
„Und als nächstes hören wir Mike Nolan mit dem Song ‚You lift me up'! Einen riesen Applaus!"
Wir applaudierten riesig und da es ein faires Publikum war, applaudierte es mit.
Als ich Mike rauskommen sah, mit meiner Gitarre umgehängt, langsamen Schrittes, das Haupt hoch erhoben, wusste ich, dass er genau da war, wo er hingehörte. Nicht zu einem Wettbewerb, sondern auf eine Bühne. Plötzlich wurde mir klar, warum er, wie er es oft selbst sagte, in seinem Leben nicht so richtig vorangekommen war – weil er sich im falschen Medium bewegte. So, wie wenn man einen Fisch aus dem Wasser nehmen würde. Da würde auch nicht was besonders Sinnvolles dabei rauskommen. Oder wenn man Tiere im Zoo beobachtet, die nicht in Gefangenschaft geboren wurden. Man wird ihnen immer die Sehnsucht nach der

Wildnis ansehen und sie werden nie ganz im Zoo zuhause sein. Ein Teil von ihnen wird immer irgendwo anders sein. Und so war es mit Mike. Wenn er einem normalen Job nachging, war er in Wirklichkeit immer auf einer Bühne. Wenn er unterrichtete, war er in Wirklichkeit auf einer Bühne. Er war nicht jemand, der ein Teil der Musik war. Die Musik war ein Teil von ihm.

Was ich damit meine ist, dass es Leute wie mich geben muss, die Musik hören, Musik lieben, Musik kaufen, besprechen, zu Konzerten gehen und sie am Leben halten. Und dann gibt es Menschen, die all das sind, was man hört, liebt, kauft, besucht und am Leben hält. Das eine kann ohne das andere nicht existieren. Und Mike war das, was man als Musikliebhaber am Leben hielt. Die Musik.

Da wurde ich auch schon vom ersten Akkord aus meinen Gedanken gerissen …
Es war fantastisch. Und endlich verstand ich auch, was er mit „steigern, steigern, steigern" meinte. Eine Gänsehaut jagte die andere meinen Rücken hinunter und Charlie drückte sich fest an mich. George tanzte mit meiner Mutter ein stilles Tänzchen, während sie sich tief in die Augen sahen und damit sagten die beiden in diesem Moment mehr als man je hätte darüber sagen können, worum es in diesem Song eigentlich ging.
Und Sara war spätestens jetzt ihrem Mike endgültig verfallen.

Bald darauf war der Wettbewerb vorbei. Alle hatten ihre Stimmzettel abgegeben und die Jurywertung wurde ausgezählt.

Und dann kam es zur Verkündung. Wer Platz 2 und 3 belegte, weiß ich heute nicht mehr. Aber dann kam es zu Platz 1! Was glaubt ihr, wer den Wettbewerb gewann?

Nicht Mike.

Hey, das ist ja kein Hollywood Film, sondern das echte Leben.

Als Mike zu uns kam, erkannte ich, dass er etwas viel Wichtigeres gewonnen hatte als diesen Bandwettbewerb. Er hatte sich selbst wieder. Er wusste wieder, warum er da war und was seine Aufgabe in diesem Leben war. Und das ist vermutlich der größte Gewinn, den man überhaupt machen kann.

Twenty.

All das ist jetzt schon mehr als drei Jahre her.
Jim arbeitet heute als Fitnesscoach und Personal Trainer. Er hat seit seiner Herzattacke keinen Schluck Alkohol mehr angerührt, nahm etliche Kilos ab, fing an zu trainieren, machte eine Trainer-Ausbildung und ist größtenteils damit beschäftigt, sein Sixpack fertig zu modellieren. Außerdem hält er regelmäßig Vorträge über gesunde Ernährung und erschreckt mit seinen „Vorher-Fotos" Kinder in Schulen, die er zu mehr Sport animieren will.
Er ist übrigens seit gut zweieinhalb Jahren mit seiner Krankenschwester von damals zusammen und sie haben gemeinsam ein recht erfolgreiches E-Book mit dem Titel „Pudding heute – Schlemmen ohne Schwabbel" geschrieben, in dem es um köstliche, aber gesunde Nachspeisen geht.
George und Rosie, meine Mutter, leben noch immer glücklich in ihrem Haus und sie machen noch immer die ein oder andere kleine Reise. George pflegt sein Gemüse- und Kräuterbeet, macht seine Yogaübungen im Morgengrauen und meine Mutter scheint glücklicher zu sein als jemals zuvor. Klar, das Alter macht auch vor ihnen nicht Halt und sie werden immer runzliger, schrulliger und Georges Tanzbewegungen immer langsamer – aber sie tanzen noch gemeinsam und voller Liebe füreinander durchs Leben – und darum geht es.

Mike formierte bald nach dem Bandwettbewerb eine Band und tourt oft durchs Land, Sara immer mit dabei. Ich glaube, dass er ihr bald einen Antrag machen wird. Ein Manager wurde auf seine Band aufmerksam und seitdem werden die Gigs immer größer, die Bands, die sie supporten ebenfalls und ich bin mir sicher, dass wir noch einiges von ihm hören werden. Wenn er zuhause ist, lässt er es sich nicht nehmen, mit Big Joe im Pub aufzutreten und irgendwie wurde er so etwas wie ein kleiner Bruder für mich.

Charlie und ich sind nun seit zwei Jahren verheiratet und noch heute Nacht werde ich ihr, wie es an jedem Hochzeitstag sein wird, ihren Song in der Bar vorspielen. Mittlerweile kann ich ihn beinahe fehlerfrei. Was mich allerdings etwas nervös macht ist, dass es heute noch einen Zuhörer geben wird. Eine Zuhörerin, um genau zu sein.
Unsere Tochter Lisa.
Wenn man denkt, dass es schon stressig ist, eine Frau zu beeindrucken, sollte man abwarten, bis man eine Tochter hat.

Somit ist meine Liste von früher komplett.
1. Einen Super-Hit schreiben – Nun, ich finde es ist ein Super-Hit, auch wenn ihn nur wenige kennen, denn dieser Song hat mein Leben verändert. Und jedes Mal, wenn ich ihn singe und spiele, wird er mich daran erinnern, dass ich meine Charlie geheiratet habe und wie

es dazu gekommen ist. Und er wird mich daran erinnern, wer ich bin.

2. Die große Liebe finden – ganz eindeutig erledigt! Mit meiner Tochter dazu gleich zwei Mal!

3. Größer als Jim werden – Größer schon, aber sein Sixpack macht mich ehrlich gesagt etwas neidisch.

4. Eine Chopper kaufen – Das Fahrrad ist nach wie vor der Hit in der Nachbarschaft.

5. Niemals spießig werden – Habe ich nicht vor.

6. Eine Bar kaufen – Ja, hab ich. Und noch besser, ich wohne sogar über dieser Bar.

7. Durch die Welt reisen – Man reist doch jeden Tag durchs Leben und das ist doch irgendwie die Welt, oder?

8. Ein Haus kaufen – Hab ich. Und noch besser, im Erdgeschoss befindet sich eine Bar.

9. Eine Familie gründen – Oh ja!

10. Ein Buch schreiben – gleich erledigt.

Epilog.

Du wirst dich jetzt vielleicht fragen, was du mit dieser Geschichte anfangen sollst. Keine Ahnung, ehrlich gesagt – ich hab das Buch ja nur geschrieben, weil ich einen Deal mit mir hatte. Aber das eine kann ich dir sagen: Gleich morgen werde ich eine neue Liste schreiben und mich überraschen lassen, was das Leben daraus macht. Ich glaube, dass das Leben ebenfalls eine Liste für einen schreibt. Manchmal decken sich die Punkte und manchmal nicht. Manchmal kommen Punkte durcheinander oder sie kommen sich in die Quere, aber was auch immer dabei rauskommen mag, es wird das Richtige sein. Vielleicht sieht man das nicht gleich, und meistens ärgert man sich sogar darüber, dass man nicht das bekommt, was man eigentlich wollte. Aber wer sagt denn, dass nicht das, was man tatsächlich bekommt, noch viel besser sein kann? Dass man etwas bekommt, von dem man gar nicht wusste, dass man es wollte? Dass sich Träume verwirklichen, die man gar nicht zu träumen gewagt hätte?
Und was, wenn man wüsste, dass zur Erfüllung dieser Träume jede Niederlage und jede Enttäuschung genauso dazugehören wie jeder Erfolg und jeder Gewinn?
Schreib' Listen, mach' Pläne und dann lass dich überraschen, was dabei rauskommt. Selten das, was man vermutet hätte, aber meistens das, was man braucht. Und wenn man sich darauf einlässt, wenn man neugierig bleibt und sich nicht versteckt, über seinen Schatten springt und

ehrlich zu sich selbst ist, sieht man plötzlich, dass man gar keinen Plan braucht, weil man selbst der Plan ist. Und dann geht es los.
Dann ist man angekommen im Leben.

Der Song.

… und wenn du den Song „You lift me up" hören oder sogar downloaden möchtest – hier der Link:
soundcloud.com/gernotbluemel/you-lift-me-up

Über den Autor.

Gernot Blümel, Jahrgang 1983, arbeitet als Musiker und Autor und betreibt eine private Gitarrenschule. Er lebt mit seiner Familie in einem malerischen Schlosspark im südlichen Niederösterreich.

Weitere Veröffentlichungen sind in Vorbereitungen.

Mehr Infos unter www.gernotbluemel.com

Printed in Great Britain
by Amazon